코로나 미니픽션

마스크
마스크

박사랑

김산아

최지애

김 은

장재희

신주희

한숙현

누구나
자신만의 코로나를
가지게 되었다

코로나를 떠올리며 '사고'라는 단어를 찾아봅니다. 뜻밖에 일어난 불행한 일. 사람에게 해를 입혔거나 말썽을 일으킨 나쁜 짓. 살면서 경험해보지 못한 사고를 한순간 맞닥뜨리고 그것을 해결하지 못한 채 어느 시절을 보낸 뒤 같습니다. 분명 그 안에는 변치 말아야 할 것과 지켜내야 할 것들이 있었을 텐데, 여전해야 할 것들은 안녕히 잘 있는 건가 궁금합니다.

코로나는 그동안 우리가 겪었던 그 어떤 감염병과도 달랐습니다. 학교는 등교 대신 온라인 수업을 하고, 회사는 재택근무로 전환되었으며, 나라별로 입국을 불허하는 경우들이 생겼습니다. 항공편이

대거 축소되면서 사실상 하늘길이 막히다시피 했고요. 재난 영화 속에서 보았던 일들이 눈앞에서 벌어졌고 당황할 새도 없이 일상으로 자리 잡았습니다. 코로나가 시작될 때 태어난 아이는 이제 2살이 되었고, 마스크를 써야만 밖에 나갈 수 있는 줄 압니다. 아이가 살아온 세상은 오직 코로나의 시대니까요. 아이에게 세상은 곧 감염병 팬데믹의 시대인 셈입니다.

코로나는 이미 일상이지만 곧 지나갈 거라는 점에서 여전히 특별한 영역이며 언제 다시 발생할지 모른다는 점에서 미지의 영역입니다. 따라서 코로나를 글로 쓰며 지난 2년을 돌아본다는 건 일상을 담는 일이자, 특별한 시기를 기억하는 일이며, 미래에 대한 소망이 담기는 작업이기도 했습니다.

우리는 저마다 코로나에 관련한 이야기를 수집했습니다. 스스로 겪었거나 주변에서 체험한 에피소드, 그중에서도 뭔가 더 특별하거나 새롭거나 낯선 이야기를 찾아 헤맸습니다. 코로나가 소설이 되려면 그 역시 식상함과 상투성을 이겨야 하니까요.

하지만 그것이 꼭 소설의 완성도를 추구하려는 의도에 기인하지는 않았습니다. 다양한 삶의 방편과 더 많은 사연을 담고자 한 의지입니다.

(출판사에는 미안하지만) 지금에 와서 누가 이토록 지겹고 지난한 코로나 시절을 돌아보며 이 책을 읽겠어, 그런 패배감에 젖으면서도 우리는 이 힘없는 작업을 계속할 수밖에 없었습니다. 그저 기억하고 기록하겠다는 것. 그것밖에는 우리가 코로나 시절을 함께 살아온 우리라는 사람들을 위해 할 수 있는 게 아무것도 없는 까닭입니다. 뭔가 해야 한다고, 하고 싶다고 여기면서도 우리가 할 수 있고 해낼 수 있는 게 고작 글을 쓰는 것뿐이니까요.

그러니 이 책을 메운 이야기는 우리의 손끝에서 마무리되지만, 모든 이야기의 시작은 당신에게서 비롯한 것입니다. 결국은 우리가 지나온 시절의 이야기입니다. 낙담 대신 새로운 희망을 품을 기회를 마련하고, 어떻게든 긍정해보려는 노력을 하자고 말거는 겁니다. 고민하고 생각할 시간을 충분히 가져보자고 그리고 조금씩 앞을 향해보자고 손 내미는 겁니다.

이 책을 준비하는 동안 식당에서 여럿이 식사를 할 수 없었기에 대신 여러 번 식탁을 차렸습니다. 코로나에 대한 이야기가 쌓여갔고, 초고를 모았을 때는 봄이 다가와 있었습니다. 찬바람이 따뜻한 햇살로 바뀌고 가지에는 새잎이 돋았습니다. 화분에 심었던 딸기 모종은 어느새 자라 빨간 딸기를 달고 있습니다. 이제 곧 마스크를 벗고 다니게 되겠지요.

뒷북 같은 작업을 마무리할 수 있게 창작동인 반상회(반전과상상)의 손을 기꺼이 잡아준 출판사에 고맙다는 말과 같은 시기 함께 시집을 발간하는 동료들에게 감사한 마음을 전합니다. 삶은 명암이 교차하는 서사이므로 우리의 이야기는 계속될 겁니다.

차례

서문 누구나 자신만의 코로나를 가지게 되었다　　　4

박사랑 (코로)나를 위하여

재난이 경고음을 울릴 때　　　15

내가 못 가니까 네가 와　　　20

한 뼘 더 넓어지면　　　25

목요일에 만나요　　　30

립스틱이라 쓰고 기세라 읽는다　　　32

빈 벽을 찾아서　　　34

얼굴을 인식할 수 없습니다　　　37

열 시의 지옥철　　　40

김산아 파워를 찾아서

과학맹신주의자들   47

작고 청승맞은 나의 우주   56

자격지심 여행기   63

누가 따라온다   70

최지애 코로나 때문에

파랑새노래방   79

방과 방 사이   84

팬데믹 러브   93

코로나 때문에   101

김　은 접촉면, 비접촉면

반경 1미터의 삶　　　　　　　　119

당신의 안부를 묻습니다　　　　125

Ctrl-C Ctrl-V 여행　　　　　　131

어느 편집자의 고백　　　　　　137

장재희 마스크 쓴 얼굴들

잊지 마세요　　　　　　　　　145

도시의 밤　　　　　　　　　　151

프리미어 룸　　　　　　　　　161

심야배달　　　　　　　　　　172

신주희 접촉결핍의 증후

코로나 44 극복기   181

코로나 시대의 이별   187

아주 사적인 생존 신고   192

화상인 관측기   197

혼밤   201

한숙현 빈말의 힘

버튼   211

약속   222

(코로)나를 위하여

박사랑

2012년 『문예중앙』 신인상으로 등단
했다. 소설집 『스크류바』, 장편소설
『우주를 담아줘』가 있다. 희망은 몰
라도 로망은 늘 곁에 두고 쓴다.

코로나 덕에 오래 혼자 있었고, 혼자인 덕에 나를 위한 것을 새삼 생각해보았다. 내게 필요한 건 조용하고 햇살 드는 집, 아주 조금 더 넓은 방, 몰개성적인 벽, 숨겨놓아도 드러나는 기세, 그리고 한 발짝 멀어져도 그대로인 너.

- 「재난이 경고음을 울릴 때」

- 「내가 못 가니까 네가 와」

- 「한 뼘 더 넓어지면」

- 「목요일에 만나요」

- 「립스틱이라 쓰고 기세라 읽는다」

- 「빈 벽을 찾아서」

- 「얼굴을 인식할 수 없습니다」

- 「열 시의 지옥철」

재난이 경고음을 울릴 때

#고3에게재난이란 #수능을망치는것뿐
#이것이K-청춘물

2020년 봄, 코로나가 전국을 덮쳐왔을 때 학교
는 문을 닫았다. 전쟁이 아니고서야 학교가 문을
잠글 일은 없다고 생각했는데 전쟁 같은 코로나가
몰려온 것이다. 학교가 멈추고 교육 당국은 혼란
속에서 온라인 수업을 도입했고 그렇게 교육의 끈은
느슨하게나마 이어졌다. 그 가운데 고3이 있었다.
당장 대학 입시를 앞둔 고3을 그냥 놔둘 수 없는
어른이 무척이나 많았다. 그래서 고3은 학교에 가야
했다. 고3은 투덜대는 투로 물었다. '고3은 사람도
아닌가요?' 아니, 사람이지. 베리 임폴턴트 퍼슨.

　공교육의 빈틈을 메꾸는 건 언제나처럼 사교육
의 차지였다. 그건 오랜 기간 사교육계에 몸담고

있는 내가 바빠질 차례라는 뜻이기도 했다. 고3은 코로나 속에서도 '수능특강'을 풀고 모의고사를 보고 성적표를 받았다. 왜 그런지 알 수 없지만 이상하게도 성적은 오르는 사람은 별로 없고 떨어지는 사람만 많았다. 고3들은 모두 다급했고 바쁜 와중에도 늘어졌다.

본격적 코로나 시국에 접어들면서 나는 마스크를 벗을 틈이 없었다. 그뿐만이 아니었다. 예전에는 문이 열리면 곧장 학생 방으로 들어갔는데 이제는 무조건 화장실로 직행해 손부터 닦아야 했다. 어떤 학부모는 나를 현관에 세우고 한 바퀴 돌아보세요, 하며 소독제를 뿌려주기도 했다. 모두가 위태로워 보였고 또 때로는 서로를 위험하게 만들기도 했다.

독서실에서 공부하던 학생은 하루 내내 마스크를 쓰고 있자니 숨이 막힌다고 말했다. 그런데도 집은 공부가 안 되니 돌아갈 수 없고. 왜 집에서는 공부를 못 할까, 우리는 나름 철학적인 대화를 나누었지만 이런 이야기의 끝은 대개 기억하기 어려웠다. 대신 벌써 시간이 이렇게! 하고 놀라며 다시

교재로 돌아갔다. 수능특강에는 독서 지문 관련 소재로 PCR 증폭 과정이 등장했고 전염병에 걸린 누나가 나오는 소설이 문학 지문에 실려 있었다.

공부가 안 되어서 밖으로 나오는 고3도 있었지만 집에 붙어 있는 식구로 인해 나오는 고3도 더러 있었다. 집에만 있으라고 강요하는 사회 덕에 원래는 각자 다른 곳에 있어야 하는 가족은 너무도 자주 집에 모였다. 가족을 피해 카페에 자리잡은 학생과 나는 문제를 풀고 설명을 하며 매끄러운 수업을 진행 중이었다. 그런데 복병은 뜬금없는 곳에서 나타났다. 분명 열 시까지 운영한다고 해서 들어온 카페였는데 아홉 시 반부터 마감을 진행할 줄 몰랐지. 학생과 나는 카페에서 쫓겨나 길에 버려졌다. 남은 수업 시간을 이대로 둘 수 없어 편의점 앞 벤치에 앉았다. 나는 그곳에서 선택 과목의 장단점과 출제 경향을 분석했고 학생은 어둡고 시끄러운 와중에도 진지한 얼굴로 수업에 임했다.

다음 날, 수업하던 스터디 카페에서 갑자기 재난 문자가 쏟아져 자리에 있던 모든 사람이 자신의 핸드폰을 만지작거렸다. 아무리 매너 모드로 해두어도 재난문자만은 그것을 뚫고 울려댔으니까. 학생은 문제를 풀던 손을 멈추고 내게 물었다.

"수능 볼 때 재난문자 오면 어떡해요?"

"수능 때는 핸드폰 다 전원 끄고 제출하니까 괜찮아."

"감독하던 선생님들 거 울리면요?"

"아마 감독관들도 핸드폰 소지 못 할 거야."

"그럼 고3은 재난이 와도 못 피해요?"

"네가 수능을 망치는 것보다 더 큰 재난이 없을 것 같으니까 빨리 문제나 풀지?"

열아홉은 곧 스물이 될 것이고 코로나 때 수험생이었던 것도 무용담처럼 늘어놓게 될 날이 오겠지. 내가 월드컵 때 수험생이었던 썰을 풀어놓듯이. 언젠가 이 시간도 까마득한 과거가 되리라 생각하면 조금 숨통이 트인다. 내 앞에 앉아 있는 나의 고3, 주요 문장에 줄 치라고 했던 내 말을 매번 잊고, 적절하지 않은 것을 적절한 것으로 자주 틀리게 읽고, 통시적인 것과 공시적인 것을 잘 구분하지 못하는 내 학생. 네 앞에 앞으로 수많은 재난이 닥치겠지. 그때 네가 지금처럼 엉뚱하게, 아무렇지 않게, 별일 아닌 듯이 그 재난들을 헤쳐나가기를 소리 없이 빌어본다. 소리 내어 말하기엔 너무 민망하니까.

내가 못 가니까 네가 와

#오대양육대주를건너날아오는
#나의설렘 #해외직구

코로나는 준에게서 비행기와 해외 여행만 빼앗아간 것이 아니었다. 코로나는 어느 날 갑자기, 면세점 찬스를 완전히 앗아가 버렸다. 코로나가 오기 전, 준이 여행만큼이나 사랑한 것은 여행길에 짊어지고 갈 쇼핑 물품이었다. 시중보다 싼 가격에 제품을 구할 수 있는 것도 좋았지만 국내에서 쉽게 구할 수 없는 제품을 손에 넣을 수 있는 것도 면세점의 큰 매력이었다. 하지만 하늘길이 뚝 끊기며 쇼핑길도 툭 끊어졌다.

그렇다고 이대로 포기할 배달의 민족이 아니었다. 준은 어쩔 수 없이 구매대행의 숲으로 달려들었다. 구매대행은 외국에서 대행사가 본인 대신 물건을 구입해 보내주는 방식이었다. 다른 사람의 손이나 눈을 잘 믿지 못하던 쥰은 구매대행이 꺼림칙하기도 했고 직접 보고 듣고 느끼는 쇼핑의 즐거움을 느낄 수 없다는 핑계로 멀리해왔는데 이제 더는 피할 방법이 없었다. 부딪치며 배우는 쇼핑러가 되기 위해 일단 개인통관번호를 발급받았다. 국외에서 들어오는 물품은 모두 세관을 거치기에 개인통관번호는 필수였다. 알파벳 P로 시작되는 열세 자리의 복잡한 통관번호는 그 뒤로 핸드폰 메모장 가장 위에 자리하게 되었다.

쥰이 처음 구입한 것은 카드 지갑이었다. 몇 달 전부터 이곳, 저곳 가격을 비교하며 눈팅만 반복하고 있었는데 원래 쓰던 카드 지갑의 마감이 벌어지고 끝이 해진 것을 발견하자 더 이상 참지 못했다. 바로 홈페이지에 접속해 위시리스트에 넣어둔 카드 지갑들을 살피기 시작했다. 몇 달 전 하트를 눌러둔 것들이라 몇몇 쇼핑몰에서는 이미 판매 종료가 뜨기도 했다. 쥰은 더더욱 신중하게 가격을 비교했다. 구매대행 세계에 정가란 존재하지 않았다. 같은 물건인데도 가격은 천차만별이었다. 최저가가 떠서 클릭해보면 배송료와 옵션 선택으로 오히려 가격이 높아지기도 했다.

이틀의 비교 끝에 나름 합리적이면서도 신뢰가 가는 쇼핑몰에서 구매를 완료했다. 첫 구매 고객에게 주어지는 쿠폰도 야무지게 받았고 사이버페이로 결제하면 돌려받을 수 있는 페이백도 알뜰하게 챙겼다. 비교와 고민의 시간은 길었으나 결제의 시간은 짧았다. 카드 지갑은 클릭 몇 번으로 위시리스트에서 결제내역 항목으로 자리를 옮겼다.

다음 날 일하던 중, 주문한 물품이 발송되었다는 알림에 쥰은 화색이 되어 세부 내용 확인을 눌렀다. 카드 지갑은 런던에서 서울로 날아오려고 준비 중이었다. 런던이라니, 런던. 한 번도 가보지 못한 도시에서 지갑은 아주 오랜 시간을 거쳐 쥰에게 왔다. 외국에서 건너온 물품은 박스도 포장도 국내 것보다 훨씬 과했다. 포장을 뜯고 또 뜯어서 실물을 영접하고 그 환희의 순간을 사진으로 기록했다. 나중에 그 사진은 구매 후기에 올려 커피 쿠폰이 되어 돌아왔다. 소비는 이렇듯 또 다른 소비로 이어지며 쥰을 부추겼다.

지갑 구입으로 자신감과 담대함을 얻은 준은 다른 물품도 수시로 검색하기 시작했다. 블랙라벨이 붙은 카디건, 한정판 스니커즈, 국내 매장에 없는 가방. 지중해 물빛을 형상화한 탁상용 라이트, 호주산 양모로 만든 러그, 바르셀로나의 향기를 담은 향수. 검색의 범위는 나날이 넓어졌고 준은 매일 지구 곳곳을 밟는 기분이 되었다.

　　그러다 찾아온 2021년 연말. 집단면역이 형성되면 곧 물러갈 줄 알았던 코로나는 델타와 오미크론 등으로 모습을 바꾸며 계속 우리 곁에 남았고 하늘길은 쉽게 열리지 않았다. 준은 한 해 동안 열심히 일한 자신에게 특별한 선물을 하고 싶었다. 특별하기보다는 과도하고 사치스러운 선물을 하고 싶었다. 그렇게 스스로를 칭찬하고 싶었다. 그래서 또 구매대행 사이트에 발을 들였다. 늘 보기만 하고 넘어갔던 비싼 가방들이 준을 유혹했다. 고급스럽고 털이 풍성한 패딩도 탐났다. 고민의 시간은 길게 가질 수 없었다. 모든 쇼핑몰에는 경고처럼 이런 문구가 떠 있었다. '주문량이 폭주하는 연말연시에는 배송이 다소 늦어질 수 있습니다.'

준은 다소 늦어질 배송에 대비해 하루라도 빠르게 결제 버튼을 눌렀다. 핸드폰은 얼굴을 한 번 쓱 스캔하는 것으로 결제를 완료했다. 그 뒤는 고난과 인고와 역경의 기다림이었다. 구매대행사에서 보냈다던 택배는 당국 공항 문턱을 넘어서지 못하고 내내 발송 준비 중으로 기록되어 있었다. 대행사에서는 안타깝고 죄송하지만 어쩔 수 없는 일이라고 나를 달랬다.

결국 택배는 해가 바뀐 뒤에야 도착했다. 한 해 동안의 노동, 아니 인내와 바꾼 귀한 가방이었다. 그 뒤로도 준은 구매대행의 숲에 자주 찾아간다. 각종 의류와 향수, 인테리어 소품과 전자기기 등을 보며 시간을 보낸다. 언젠가 그 물건들의 고향에 한 번쯤 들러보고 싶다. 새 가방을 메고 지갑을 들고 바다 밖 먼 곳으로 곧 갈 수 있겠지. 그 먼 곳에서 또 많은 물건들을 만나 함께 집으로 돌아오고 싶다.

한 뼘 더 넓어지면

#운동은장비빨 #홈트는공간빨
#이사사유는코로나덕

코로나가 한창 창궐하던 2020년 가을, 내게는 새로운 취미가 생겼다. 무려 운동. 친구는 지구가 무너져도 단 하나 운동하지 않을 사람으로 나를 뽑곤 했다. 물론 나도 그 말에 동의했고. 그러던 내가, 집에서 뒹굴기만 하다 잔뜩 늘어진 내 몸과 마주하게 되었다. 확진자는 되지 않더라도 확찐자가 되기는 무척 쉬워 보였다. 위기의식에 사로잡혀 일단 밖으로 나갔다. 나가도 할 수 있는 건 없어서 그저 한강 주위를 걸었다. 그러면서 느낀 건 운동을 하는 사람이 너무도 많다는 것이었다. 아침에 나가든 점심에 나가든, 아니 한밤에 나가도 운동하는 사람은 눈에 띄었다. 마치 나 빼고 모두가 운동하고 있던 것처럼.

걷고 뛰는 유산소운동은 기분을 풀어주고 호흡을 가다듬게 만들었다. 그러나 몸매에 직접적인 변화는 가져다주지 못했다. 운동에 아주 조금 흥미가 생긴 나는 그날부터 동영상을 찾아보기 시작했다. 정확히 따지자면 찾았다는 말은 틀렸다. 운동 동영상은 내가 검색도 하기 전에 알고리즘에 의해 내 눈에 띄었다. 일주일 만에 허리둘레 3센티미터 줄이기, 누워서 뱃살 빼기, 여리여리 직각 어깨 만들기 등 혹할 만한 동영상들이 내 앞에 떠다녔다.

일단 누워 있고 싶었으니까 누운 채로 누워서 뱃살 빼기 동영상을 클릭했다. 날씬한 몸매의 유튜버가 바닥에 누워 몸을 곧게 펴고 다리를 들어 올렸다. 분명히 그는 별거 아니라는 듯 아주 편하게 웃으며 다리를 올리고 멈췄다. 나는 쉽게 따라 할 수 있으리라 생각하고 자세를 잡아보았다. 당연히 결과는 처참했다. 내 팔다리는 너무도 후들거렸으니까.

그럼에도 나는 매일 오 분씩 그 영상을 따라 했다. 삼 일쯤 하고 나니 다른 영상도 떠서 십 분씩 동작을 반복했다. 처음에는 몇 초 만에 무너져버리던 몸이 조금씩 곧게 서는 게 느껴졌다. 겉보기엔 크지 않아도 내 안에서의 변화는 컸다. 한 번도 본 적 없던 고대유물처럼 숨겨진 허리를 발굴하고 납작한 아랫배를 만드는 데 성공했다. 성장과는 멀고 퇴화와만 가까웠던 내 몸이 아주 조금이지만 성장 쪽으로 방향을 트는 것 같았다.

그렇게 재미를 붙이며 운동은 내 일상 한 켠에 자리잡았다. 여러 동영상을 전전하다 내 몸 상태에 맞는 콘텐츠를 발견했고 매일 반복해 루틴을 만들었다. 처음에는 십 초도 견디기 어려웠던 플랭크를 제법 오랜 시간 유지하게 되었고 허리를 바닥에 붙이고 다리를 들어 올리는 동작은 어렵지 않게 반복해냈다. 어느 정도 운동이 익숙해지면 다음 단계, 또 그다음 단계로 나아갔다.

운동은 장비빨이라는 명언에 따라 운동복도 여러 개 구입하고 마사지 기구와 매트 등도 사다 날랐다. 많이 쓰는 것도 있고 그저 처박혀 있는 것도 있었지만 나는 소비를 후회하지 않았다. 다만 문제는 다른 곳에 있었다. 바로 너무 좁은 나의 집.

침대와 책상만으로도 너무 꽉 찬 내 집에는 내가 맘껏 팔다리를 뻗을 공간이 없었다. 오른팔을 펴면 침대에 닿았고 왼팔을 펴면 냉장고에 부딪쳤다. 다리는 옷장에서 삐져나온 옷에 걸렸고 큰맘 먹고 산 기다란 폼롤러는 가로 방향으로 사용할 수 없었다. 나는 몸보다 방에 절망했다. 팔다리를 펼칠 수 없는 내 재력이 한스러울 뿐이었다.

내가 처음 이 좁은 원룸으로 이사 간다고 했을 때 한 선배는 내게 말했다. 어릴 때는 좀 작은 집에 살아도 되지, 뭐. 그래도 되기 때문에, 누군가는 아주 작은 집에 살아도 충분하기 때문에 사람들은 작은 집을 지었다. 그리고 누구도 예상치 못했던 전염병과 맞물려 그 작은 집에 갇혀버렸다. 코로나가 오기 전에는 작은 집도 나름 괜찮다고 여겼다. 작아도 조용하고 깨끗해서 만족한다고. 하지만 이동에 제한이 생기고 집 안에서만 보내는 시간이 길어질수록 답답함도 심해졌다.

카페 이용이 금지되었던 날, 나는 집에서라도 카페 분위기를 내보고자 사놓고 오랫동안 쓰지 않았던 핸드 드립 커피 도구를 꺼냈다. 커피콩을 가는 것부터 시작해 여과지에 커피가루를 넣고, 끓인 뒤 잠시 식힌 물을 부었다. 똑똑 떨어지는 커피 방울을 보면서 이런 게 힐링이구나, 하는 생각까지 여유롭게 늘어놓았다. 그러나 오랜 교훈처럼 행복은 짧았다. 갓 내린 커피를 맛보기도 전에 바닥에 전부 쏟고 말았으니까. 분명 원인은 내 부주의에 있었다. 알아도 벌컥 오른 화는 식을 줄을 몰랐다. 집이 너무 좁아서 내 다리가 테이블을 친 거라고, 집이 한 뼘만 더 넓었어도 절대 커피를 쏟지 않았을 거라고.

그리 길지도 않은 팔다리를 맘껏 뻗기 위해서 나는 이사를 결정했다. 조건은 대단치 않았지만 보증금이랍시고 가진 돈도 대단치 않았기에 이사는 내내 난항이었다. 그래도 여러 어려움을 뚫고 나는 스트레칭이 가능한 집에 겨우 안착했다. 이사를 마친 뒤 바닥에 매트를 깔아두고 맘껏 몸을 세우고 비틀고 늘렸다. 미래의 나는 어떨지 몰라도 오늘의 나는 만족했다, 이것만으로도. 코로나가 아니었다면 내 몸과 내 집을 찬찬히 늘이고 들여다볼 계기가 있기나 했을까. 이 모든 건 역시 코로나 덕이 맞다.

목요일에 만나요

#맛집줄아니고약국줄 #마스크대란
#코시국필수품

    코로나가 막 창궐하기 시작했을 때 사람들을 가장 곤란하게 만들었던 건 마스크였다. 우리 모두가 마스크를 구하지 못해 동동대던 시기가 있었다. 나도 매일 외출하며 남은 마스크의 개수를 확인했다. 앞으로 며칠을 더 버틸 수 있을지 불안해하며.

    마스크 대란을 막기 위해 정부가 내놓은 방법은 마스크 요일제. 모든 국민은 출생연도의 끝자릿수에 맞춰 마스크를 구입할 수 있었다. 1, 6은 월요일. 2, 7은 화요일. 3, 8은 수요일. 4, 9는 목요일. 5, 0은 금요일. 매주 목요일 나는 점심을 먹은 뒤 주변 약국에 가서 두 장의 마스크를 구입했다. 디자인이나 색상을 고를 수는 없었고 그냥 주어지는 대로 받을 뿐이었다.

　지금은 마스크를 쓰지 않고 외출하는 일은 거의 없지만 당시에는 마스크를 잊고 현관문을 나서다가 다시 돌아가는 일이 종종 있었다. 그날도 나는 바쁘게 준비를 마치고 급하게 건물을 나섰다. 마침 파란불이 켜진 횡단보도를 향해 돌진하다 중간에 급브레이크를 밟은 듯 멈췄다. 어쩐지 얼굴이 너무 가볍고 공기가 상쾌하다 했어. 내 얼굴엔 있어야 할 마스크가 없었다. 두 손으로 입과 코를 가리고 바로 앞에 있는 약국을 봤다. 봤지만 약국으로 가지 않고 다시 집으로 돌아가야만 했다. 그날은 목요일이 아니었으니까.

　결국 나는 약속 시간에 늦고 말았다. 마스크 사건에 대해 말했더니 상대방은 웃으며 이해해주었다. 자기도 그런 적 있다며. 집에 돌아와 자주 메는 가방에 비상용 마스크를 넣어두며 요일을 체크했다. 내일은 목요일, 마스크 사는 날. 내일은 목요일, 코로나 지원금 신청하는 날. 그렇게 코로나는 나의 목요일을 특별하게 만들어주었다.

립스틱이라 쓰고 기세라 읽는다

#나의해방일지 #파데프리
#그래도립스틱못잃어

마스크가 일상화되면서 하루 내내 하관을 보일
일이 없을 때가 많다. 특히 사람과 대면해 떠드는
것이 노동인 사람은 무조건 마스크를 착용해야 한
다. 얼굴의 반 이상을 마스크에 숨기고 다니니 화
장의 필요성이 적어졌다. 처음에 덜어낸 것은 블러
셔였다. 양 볼을 발그레하게 만드는 딸기 우윳빛의
블러셔는 마스크 안에만 있다가 마스크의 안쪽 면
을 더럽힐 뿐이었다. 마스크를 뺐을 때 광대가 닿는
부분이 분홍색으로 물든 것을 보면 내 마스크인
데도 다시 착용하기가 싫어졌다. 그 뒤에 아웃된 것
은 파운데이션. 어차피 보이지도 않는데 피부에 자
유를 주자! 그렇게 시작된 파데프리는 화장 시간을

엄청 단축해주었다. 출근 전 십 분의 여유란 얼마나 달콤한가. 그 다음에 줄인 건 컨실러, 또 그 뒤에는 하이라이터를 뺐다. 얼굴에 얹던 색을 점점 줄여나가며 나는 작은 해방감을 느꼈다.

그러나 그런 내가 끝까지 덜어내지 못한 것이 있었으니, 바로 립스틱이었다. 쉽게 생각하면 가장 먼저 빼야 하는 것이 립스틱이 아닐까 싶지만 이상하게 립스틱만은 포기할 수가 없었다. 립스틱을 바르는 건 내게 화룡점정 같은 행위였다. 마지막 점을 찍어 용을 완성하듯 마지막 색을 얹어 전장에 나가는 준비를 끝내는 것. 그러니까 립스틱을 바르는 건, 오늘도 일하러 나가볼까! 하는 일종의 기세였다.

코로나 이전에는 하루에 몇 번씩 립스틱을 덧발라도 밤이 되면 거의 색을 잃던 입술이 요즘엔 마스크 안에서 여전히 붉다. 그 붉은 립스틱 자국을 지우며 오늘도 잘 끝냈구나, 나를 칭찬한다. 내일 또 다시 붉은 전장에 나가기 위해.

빈 벽을 찾아서

#재택근무자공감100프로 #흰배경의중요성
#줌배경적용하는법

어느 날 갑자기 내게도 재택근무가 찾아왔다. 컴퓨터에 줌 프로그램을 깔고 아이디를 만들어 로그인을 하고 사용법을 익히는 건 그리 어렵지 않았다. 하지만 나는 곧 깊은 고민에 빠졌다. 어디를 배경으로 둘 것이냐, 하는. 원룸인 내 집은 딱 네 개의 벽만을 가지고 있었다. 한쪽은 현관이 훤히 들여다보여서 패스, 또 한쪽은 짐이 너무 많이 쌓여 있어서 패스, 또 다른 쪽은 한때 내 최애였던 아이돌 브로마이드가 붙어 있어서 패스. 그렇게 남은 벽 하나는 침대 옆 벽이라, 그 벽을 이용하기 위해서는 꼭 침대 위로 컴퓨터를 옮겨야만 했다. 꿀렁거리는 침대 위에서 자리를 잡다가 아무래도 저 브로

마이드를 떼는 게 낫겠다 싶어 조심히 끝부분을 떼어보았지만 결과는 대참사. 눌어붙은 테이프가 벽지에 뜯긴 자국을 남겼다. 그리고 브로마이드가 붙어 있던 안쪽 벽과 색 바랜 벽이 대비되어 한층 더 부끄러울 뿐이었다. 결국 침대로 돌아와 테이블을 두고 어설프게 자리를 잡았다.

시계를 보다가 회의 시간에 딱 맞춰 접속했다. 내 뒤에는 푸른색의 명랑한 벽이 보였다. (당연히 그 벽은 내 취향이 아니고 집주인의 취향이었다.) 부장님의 뒤에는 널찍한 창이 있었고 과장님의 뒤에는 우드톤의 옷장이 있었다. 그리고 유일한 90년대생인 신입사원의 뒤에는 바다가 보였다. 뒷배경을 가려주는 스킨이 있다는 것을 나는 그제야 알았다. 하지만 알았다고 해도 내가 쓸 수 있는 스킨은 없었다. 스킨을 쓰자니 묘하게 민망하고 내 벽을 보여주자니 은근히 신경 쓰였다. 내 공간의 어느 구석을 누군가와 나누는 일에 도무지 익숙해질 수 없었다.

그 뒤로 나는 카메라를 통해 수많은 사람들의 배경을 보았다. 어느 사람 뒤에는 벽을 가득 채운

책장이 있었고 또 다른 사람 뒤에는 모던한 그림 액자가 있었고 또 다른 누군가의 뒤에는 은은한 빛이 도는 스탠드와 컬러풀한 소파가 있었다. 나는 그 배경을 보면서 자주 그것들을 부러워했다. 누군가의 뒤를 채우는 교양과 우아, 그리고 안목과 재력을.

이사를 하면서 내게는 아무것도 없는 흰 벽이 하나 생겼다. 내 뒤에는 이제 덜 부끄러운 배경이 자리 잡게 된 것이다. 하지만 나는 아직도 화상 회의를 하기 전 분주하다. 여기저기 널린 옷들을 치우고 열려 있는 옷장 문을 닫고 비뚤게 놓인 의자를 정리한다. 내 허술한 구석을 누군가에 들키지 않도록.

얼굴을 인식할 수 없습니다

#시리야나야나 #페이스아이디의비애
#얼굴인식오류

새로 구입한 최신형 핸드폰은 잠금을 풀 때 페이스 아이디를 사용한다. 페이스 아이디를 이용하기 전 나는 수많은 풍설을 들었었다. 화장하면 못 알아본다, 안경 쓰면 못 알아본다, 아침에 부어 있으면 못 알아본다 등등. 나는 화장한 얼굴을 알아보지 못할까 봐 화장한 얼굴로 초기 설정을 해야 하나 아니면 맨 얼굴로 해야 하나 고민도 했다. 그런데 고민이 무색하게 핸드폰은 아주 내 얼굴을 잘 알아봤다. 안경이 아닌 선글라스 쓴 나도 알아보고, 라면 먹고 잔 나도 알아보고, 심지어 시트팩을 붙인 나도 알아봤다. 기술의 발전에 새삼 감탄할 정도였다.

그러나 이 대단한 인식 기술도 마스크를 뚫지는 못했다. 이목구비가 아닌 얼굴의 굴곡진 형태를 인식해 알아보는 것이라 얼굴의 굴곡을 가리는 마스크는 아무래도 어려웠다. 그래서 밖에 나가면 페이스 아이디는 아무 소용이 없었다. 나는 매번 여섯 자리의 비밀번호를 눌러서 핸드폰의 잠금을 풀었다. 이럴 거면 전에 쓰던 지문 인식이 훨씬 나았다고 나와 내 친구들은 불평을 늘어놓았다.

그런데 얼굴을 인식할 수 없는 건 핸드폰만이 아니었다. 바로 나, 내가 얼굴을 인식하지 못하고 다녔다. 마스크로 반쯤 가린 얼굴은 쉽게 알아보기 어려웠다. 카페에서 지인인 줄 알고 인사했는데 모르는 사람이라서 죄송합니다, 하며 후다닥 자리를 떴던 적도 있다. 눈만으로 정보를 인식하기는 쉽지 않았다. 입이 보이지 않는 상태에서는 상대방이 웃는지 아닌지도 잘 알 수 없었고 무슨 말을 하는지 이해하지 못할 때도 많았다.

우리들의 얼굴은, 표정은 생각보다 많은 말을 하고 있었다. 누군가를 이해하고 배려하고 공감하는 많은 말들을. 물론 마스크로 가린 것은 여전히 이해,

배려 그리고 공감이 맞다. 우리는 서로를 위해 잠시 거리를 두고 입과 코를 숨긴 것이니까. 그래도 나는 어서 마스크 벗는 날이 오기를 바란다. 쉽게 서로를 알아보고 닮아가게 웃음 짓고 따스한 숨을 나누는 날이 곧 오겠지, 올 거야.

열 시의 지옥철

#영업제한이불러온지옥철
#퇴근이괴로울일인가요 #차없는슬픔

프리랜서인 현은 프리랜서로 살면서 프리랜서라는 단어가 얼마나 반어적인지 새삼 깨닫곤 한다. 거의 모든 일정을 고객에게 맞춰야 하니 프리한 구석은 찾기 어렵다. 그나마 위안이 되는 건 출퇴근 시간의 대중교통을 피할 수 있다는 점이었다. 한때 2호선과 9호선, 출근길의 지옥철을 경험해본 사람으로서 일정을 짤 때 무엇보다 출퇴근 시간을 피하는 것을 우선으로 했다. 대중교통에서 시달리는 시간만 줄어도 일을 더 할 수 있겠다는 생각이 들 정도니까.

그리하여 성심껏 짠 현의 일정표는 거의 완벽에 가까웠다. 붐비는 시간을 피하고 틈을 가질 수 있

박
사
랑

도록. 그러나 코로나는 그 완벽한 일정표를 무참히 부숴버렸다. 열 시 영업 제한이 생긴 것이었다. 열 시까지만 영업할 수 있다는 말은 여러 공간에 나누어져 있던 사람들이 열 시에 한꺼번에 쏟아져 나온다는 것을 의미했다. 열 시만 되면 식당이나 술집에 있던 사람들이 나와 지하철이나 버스로 걸음을 옮겼다. 오후 열 시의 홍대입구는 오전 아홉 시의 강남을 방불케 할 정도였다. 생각지도 못한 열 시의 지옥철이었다.

문제는 여기서 끝나지 않았다. 저녁 아홉 시가 넘어가면 모든 대중교통이 확 줄었다. 이동을 줄이려는 깊은 뜻이 담긴 계획인 것을 모르지 않지만, 늦게까지 일하는 현은 무척이나 불편해졌다. 평소 십 분 안팎이던 배차 간격이 이삼십 분으로 늘고 동시에 세 대가 운행되던 마을버스는 한 대까지 줄기도 했다. 열한 시가 넘으면 오지 않는 지하철과 버스를 하염없이 기다려야만 했다. 당연히 귀가는 늦어지고 피곤은 배로 늘었다.

그리하여 현은 오늘도 자동차를 검색한다. 경차를 검색하다 조금만 더 보태면 소형차는 뽑을 수 있잖아, 하는 생각에 소형차로 넘어가고 어차피 오래 탈 건데 안전하면 좋잖아, 하는 생각에 중형차로 옮겨가고 이 가격이면 아예 외제차를 사는 게 낫겠다 싶어 거기까지 훑고 나면 잠이 든다. 내일도 제시간에 일어나 지하철을 타야 하니 말이다.

파워를 찾아서

김산아

2013년 『문학의오늘』로 등단했다. 주요 발표 작품으로 「삐삐의 상자」, 「모래 케이크」 등이 있으며, 앤솔러지 『우리는 행복할 수 있을까』, 『숨어버린 사람들』에 참여했다. 2021년 아르코문학창작기금을 수혜했다.

어떤 상황에서도 살아야
한다. 이왕이면 잘, 그리고
행복하게. 자라는 몸에 익
숙해지는 아이처럼, 스마
트폰을 익히는 노인처럼,
변화에 적응하고 살아남는
힘에 대해 생각했다. 코로
나가 사라져도 여전히 우
리에게 남아 있을 힘, 오늘
도 그 파워를 찾아 나선다.

- 「과학맹신주의자들」
- 「작고 청승맞은 나의 우주」
- 「자격지심 여행기」
- 「누가 따라온다」

과학맹신주의자들

#사이언스파워
#부부싸움도논리적으로 #확률과믿음

　지현과 지훈은 '과학적'을 중시하는 부부였다. 둘은 여러 면에서 달랐고 그 때문에 부딪치고 싸웠지만, 과학을 믿는 것을 넘어 맹신한다는 면에서 일치했다. 어떤 사안을 두고 논쟁을 벌이다가도 한쪽이 그럴싸한 추론이나 과학적 증거를 내놓으면 싸움은 싱겁게 끝났다. 내가 졌다 같은 뒤끝이 남는 말이 아니라, 너의 말이 맞다는 인정으로 깔끔하게 정리됐다. 합리적이거나 실리적인 것과는 달랐다. 왜냐하면 맹신이니까.

　다만 가끔 생활이 불편할 정도로 충돌하는 경우가 있었다. 과학을 아무리 맹신한들, 둘 다 이 세상 모든 과학을 알 리 없고, 각자 아는 범위에서 주장하는데 그 범위가 다르면 절대 타협되지 않았다.

또 서로를 배려하기보다 맞는 결론을 선호해서, 감정이 다치더라도 어루만져 회복시키는 방법을 몰랐다. 지현이 자취를 시작하던 날, 지훈은 집들이 선물로 소화기를 사주었다. 꽃이나 케이크는 아니더라도 커플 머그잔 정도는 기대했던 지현은 속상했다. 하지만 아무 말도 하지 못했다. 로맨틱을 바라는 건 어쩐지 민망했고, 꽃이나 머그잔보다 소화기가 생명과 직결된 필수품임을 인정할 수밖에 없었다.

그래도 둘이 이십 년 동안 큰 탈 없이 살아온 건 독특한 지점에서 이상한 합의가 가능했기 때문이다. 연인 시절 지현과 지훈은 이름이 닮은 건 운명이라는 증거이고 결혼을 해도 좋다고 결론 냈었다.

지훈이 백신 부스터 샷을 맞은 날이었다. 오전에 병원을 다녀온 지훈에겐 아무 증상도 나타나지 않았다. 지현은 일주일 전 3차 접종을 끝냈다. 2차 접종 때 하루 동안 고열로 고생했고, 3차 접종 뒤에는 증상이 없었다. 둘은 일부러 일주일 간격을 두었다. 부작용이나 고열이 발생했을 때 집안일을 효율적으로 처리하려면 차례대로 아파야 된다는 생각이었다.

저녁 식사 배달을 두고 이견이 오갔다. 지훈이 오랜만에 수육 어때? 하고 제안했고, 고등학생 딸아이가 난 파스타가 좋아, 하고 대답했다. 지현이 말했다.

"이제부터 배달 음식은 아빠 먹고 싶은 거 우선으로 시킬 거야."

"왜? 그럼 나는?"

지현의 말에 아이가 항의했다. 입을 한껏 내밀고 코를 찡그렸다. 지현은 다시 못 박아 강조했다.

"우리 셋 중 아빠가 먼저 죽을 확률이 가장 높으니까. 좋아하는 음식을 먹을 시간이 제일 짧으니까."

"엄마는 어떻게 아빠 앞에서 그런 말을 해. 아빠 기분 나쁘잖아."

지훈은 이미 배달앱에서 파스타를 검색하고 있었다. 크림, 봉골레, 로제 파스타를 차례로 터치해 재료를 확인하며 지현 대신 대답했다.

"나 기분 안 나빠. 엄마 말이 맞아. 우리나라 남자 평균 수명은 여자보다 여섯 살 적어. 게다가 나는 고혈압도 있고. 확률적으로 옳은 말이야."

"그러다 엄마가 먼저 죽으면?"

"엄마가 재수 없었던 거지."

아이가 눈을 동그랗게 뜨며 헐, 하고 말했다.

지현과 지훈은 수명에 관한 분포곡선의 가파름이 어느 정도인지 궁금하다느니, 표본수는 충분하므로 믿을 만한 통계라느니, 평균 범위 밖에서 일어나는 일까지 고려하면 피곤하다느니 따위를 이야기하며 파스타가 배달되기를 기다렸다. 아이는 제부모가 하는 소리들을 어이없어 하며 바라보았다.

파스타를 먹고도 지훈에겐 아무 일도 일어나지 않았다. 이삼일은 두고 봐야 한다지만 늦은 밤이 되도록 증상이 없는 건 부작용 발생 가능성이 현저히 적은 증거라고 부부는 판단했다. 고민은 고등학생 딸아이였다. 백신을 맞힐 것인가. 정부에서는 청소년 백신 접종을 권장했지만 어디까지나 부모가 선택할 문제였다.

며칠째 부부는 아이의 백신에 대해 논의했다.

지훈은 백신을 맞히자는 쪽이었다. 개인에겐 중증으로 가는 확률을 낮추는 역할을 할 거고, 사회 전체적으로 봐도 전염력을 약화시키는 데 일조할 수 있기 때문이라고 했다. 지현은 남편의 말에 동의하면서도 신중하자는 쪽이었다. 급하게 만들어진 백신인 만큼 임상이 충분하지 않다고 생각했다. 낮은 확률이지만 부작용이 걱정되었다. 특히 청소년 임상 실험이 충분한지 의심스러웠다. 부부가 합의해야 아이의 접종 여부를 결정 내릴 수 있어, 지루한 대화만 오고갔다.

하루가 어떻게 지나가는지 알 수 없는 나날이었다. 지훈은 내내 재택근무를 했고, 아이는 등교와 온라인 수업을 번갈아 했다.

초기에 지현은 꽤 열심히 남편의 재택근무를 도왔다. 열두 시와 여섯 시 정각에 식사를 차려 내놓았다. 그 외 시간에는 지훈에게 절대 말을 걸지 않았다. 거기 없는 사람처럼 대했다. 지훈이 말을 걸어올 때면 회사에 있는 사람이 왜 내게 말을 하지? 하는 생각이 들 정도였다. '회사처럼'은 지현이 지켜온 모토였다. 지훈은 근무를, 지현은 집안일을, 업무 분담이 된 듯 해냈다.

없던 집안일이 추가된 채 시간이 계속 흘렀다. 지현의 피로도가 높아졌다. 물건은 정리해 넣어두기 무섭게 도로 바닥에 나와 있었고, 지현은 그 물건들을 보는 것만으로 피곤했다. 방금 전 서랍에 넣었던 충전선 뭉치가 다시 나와 있는 걸 본 어느 날, 지현은 정리된 집 안 상태는 불가능하다고 판단했다.

대신 자신이 온전히 주관 통제할 수 있는 부분에 집중했다. 그중 하나가 빨래였다. 누구의 훼방도 터치도 없는 지현만의 일. 지현은 두 사람이 옷을 벗어놓기 무섭게 빨래를 했고, 바싹 마른 빨래를 반듯하게 개며 성취감을 느끼고 심리적 휴식을 얻었다.

세차를 한다며 나갔다 온 지훈이 집 안을 헤맸다. 지현은 모른 척 시금치만 다듬었다. 토요일이라 정한 식사 시간이 없으니 느긋하게 준비를 하던 중이었다. 지훈이 뭔가를 찾고 있는 게 분명했지만, 어지른 건 당신이고, 찾아주는 게 매번 지현의 일일 수는 없었다. 십여 분이 흐르고 지훈이 말을 걸어왔다. 내 트레이닝 바지 어디 있어? 지현은 맨날 자기 걸 왜 나한테 물어, 하고 생각했다. 지현이 못 들었다고 생각했는지, 지훈이 큰 소리로 다시 말했다.

"내 바지 어디 있는지 아느냐고."

"잘 안 들려. 세탁기 소리 때문에."

다용도실에서 세탁기가 힘차게 돌아가고 있었다. 지훈이 뛰듯이 부엌으로 왔다.

"내 바지 빤 거 아니지?"

그제야 지현은 기억해냈다. 한 시간 전, 알맹이만 빠져나간 허물마냥 두 개의 동그라미로 침대 옆에 남은 지훈의 트레이닝 바지를 세탁기에 넣었다. 겉으로는 혀를 찼지만, 내심 경쾌하게 세탁이라는 청결한 행위를 깔끔하게 수행할 수 있게 된 상황을 즐기며.

"어, 세탁기에 있는데."

지훈이 악 하고 비명을 질렀다.

내막은 로또였다. 지훈은 꿈을 꾸었다고 했다. 할아버지가, 그가 태어나기도 전에 결핵으로 돌아가셨다는, 얼굴도 본 적 없는 할아버지가 나타나 번호를 일러주었다고 했다. 모든 번호가 그렇게 정확히 기억날 수 없었다며 로또를 샀다고 했다. 그걸 바지 주머니에 넣었고, 지현은 바지를 빨았다.

운이 새어 나갈까 봐 미리 말하지 않았다는 후회도, 말없이 바지를 빨아버린 행위에 대한 질책도, 그 중요한 걸 아무렇게나 보관했다는 비난도 소용없었다. 세탁기에서 꺼낸 로또 용지는 조각조각 찢어져 있었고, 숫자는 지워져 희미했다.

꼭 당첨될 번호를, 궁핍한 생활 탈출을, 노후 대책을 날려버린 것 같았지만 해결 방법이 없었다. 지현은 남편을 위로할 말을 찾아 고심했다.

"로또 당첨 확률 알잖아. 800만 분의 1. 당첨 안 됐을 거야."

"할아버지가 꿈에 나왔다니까."

"그런 미신을? 말이 안 되는 소린지 알면서."

"그래 할아버지는 그렇다 쳐. 그래도 정확히 짚어야지. 800만분의 1의 확률과 0은 완전히 다른 거라고. 이제 0이 되었잖아, 0."

"억 분의 1이라도 0과는 완전히 다른 거 인정.

그래도 로또는 당첨될 리 없어. 현실화되기엔 극히 미미한 확률이라고."

"왜 그렇게 비논리적이야. 로또 당첨될 리 없으면 애 백신이나 맞히던가."

"얘기가 왜 그쪽으로 가. 둘이 같은 게 아니잖아."

"로또에 당첨될 리 없으면 백신 부작용 겪을 일도 없는 거지. 둘 다 미미한 확률인 건 마찬가지니까. 그리고 예전부터 말하고 싶었던 건데, 부작용의 부는 아니 불의 부가 아니라 부수적인 부라고. 부수적인 작용."

"그런 정보는 지금 필요한 게 아니니까, 하던 얘기나 계속해."

위로가 논쟁이 되고 싸움으로 번지고 있었다.

아이가 방에서 나와 제 부모의 싸움을 한심하게 쳐다보았다. 빙긋이 웃더니 허리에 양손을 얹고 가르치듯 말했다.

"부모님, 싸우지 마세요. 아빠 번호 기억한다며, 맞았는지 확인해보면 될 거 아니야. 그다음에 싸워도 늦지 않습니다, 부모님들. 그리고 참고로 나 어제 백신 맞았어. 어쨌든 아빠 속상하겠다."

작고 청승맞은 나의 우주

#청승이뭐어때서 #엄마여보노이로제
#가족간거리두기

언젠가 내 차에 흐르는 음악을 듣고 친구는 청
승맞다고 했다. 나는 스피커를 바로 껐다. 다른 음
악 없어? 묻는 친구에게 다 비슷해, 하고 대답했다.
나는 특정 분위기의 음악을 좋아한다. 다른 이들
의 표현대로라면 청승맞은 음악이고, 내 감정대로
라면 홀로 우주를 떠다니는 음악이다.

나의 음악은 기분 처지게 왜 이런 걸 듣느냐는
비난의 대상이 되기도, 인상을 찌푸리며 꺼버리라
는 거부의 대상이 되기도, 취향 독특하네 식의 몰이
해의 대상이 되기도 한다. 오랜 경험을 거쳐 나는
절대 그들에게 같이 듣자고 제안하지 않는다. 누군
가를 차에 태울 때면 흘러나오던 음악을 미리 끈다.

"우리 저녁 언제 먹어? 배 안 고파?"

"나 이어폰 끼고 있음."

다가오던 남편이 내 반응에 뻘쭘하게 멈춰 섰다. 돌아보지 않았으니 그가 어떤 몸짓을 지었는지 모르지만, 기척과 분위기만으로 뻘쭘한 모습이 짐작됐다. 나는 이런 식으로 감지되는 주변의 활동성이 불편했다. 창을 바라보고 있는 동안 시야에 들지 않은 책장 옆을 기어가는 벌레의 움직임을 느끼는 건 일상에 필요 없는 과도한 감각이었다.

너무 매몰차게 대답했나 싶어 미안했다. 이어폰을 빼고 그를 향해 몸을 돌렸다. 가능한 부드러운 말투로 말했다. 벌써 시간이 이렇게 됐나, 미리 준비해두어 금방 차릴 수 있어, 잠시만 기다리세요, 곧 대령하겠습니다. 나는 미소 지었다. 울면서도 웃을 줄 아는 아기처럼 금세 그의 얼굴에 미소가 번졌다.

이전에는 집에서 신경 쓸 일이 많지 않았다. 설거지 된 접시가 식기건조대에 꽂혀 개수대를 향해 있고, 커피 두 모금 정도 남은 컵이 침대 옆 테이블에 있고, 빨래는 바구니에 반쯤 차 있어 내일까지 모아 세탁하면 적당한 양이고, 사두고 읽지 않은 소설은 작은방 선반 끝에 꽂혀 있고. 모든 사물이 내가 놓아둔 대로 있어 기억하고 파악하기 수월했다. 집은 에너지를 들여 감지할 것이 별로 없는 편안한 나의 공간이었다. 그런 공간이 달라졌다.

코로나가 퍼지면서 남편, 쌍둥이 아들과 함께 집에 머무는 시간이 많아졌다. 남편은 거실 테이블에서 회사 일을 했다. 아들 둘은 제 침실과 공부방을 하나씩 차지하고 온라인 수업을 들었다. 부대낌이 낯설었지만 가족 모두 모여 있다는 안정감도 있었다. 하지만 한 달이 일 년이 되고 다시 이 년이 되면서 점점 힘들어졌다. 매끼마다 무엇을 먹어야 할지 고민이었고, 식사를 만들어내느라 피곤했고, 물건을 제자리에 두지 않는 가족에게 불만이 쌓였다. 글감이 떠올라도 작업할 시간이 없었다. 자주 식구들의 부주의를 지적했다. 잔소리꾼이 된 자신이 싫었다.

가족의 휴식과 안정을 위해 노력할수록 나는 불편하고 불안정해졌다. 엄마 내 택배 어디 있어? 여보 장볼 때 아이스크림도 사 와, 온라인 수업이 연결

안 돼, 밖에 누구 왔나 봐, 샤프가 없어졌어, 마데카솔 여기 뒀었는데, 엄마, 여보.

식구들은 나 역시 집의 일부라고 느끼는 듯했다. 물을 마시기 위해 꺼내는 컵이나, 먼지 앉은 바닥을 쓸어내는 청소기나, 심심하면 트는 텔레비전처럼, 집 어딘가에 있는 유용한 무엇. 그들에게 나는 집이 되어갔고, 내가 머물 공간은 사라졌다.

어느 날, 하루 종일 몸을 움직인 뒤 침대에 누웠다. 몸에 힘이라곤 남아 있지 않았다. 눈을 끔뻑이며 위를 올려다보다 중얼거렸다.

"저 천장에 살고 싶다."

벌떡 몸을 일으켰다. 나만의 시공간을 찾자, 결심했다. 바로 서랍에 있던 무선 이어폰을 꺼내 귀에 꽂았다. 핸드폰에 연결해 Bahamas의 〈All I've ever known〉을 틀고 눈을 감았다. 귀로 들어온 음악이 머리를 가득 채우고 어깨로 흘러내렸다. 발이 바닥에서 천천히 떨어졌다. 몸이 공중으로 떠올랐다. 침대가 장롱이 전등이 사라지고 창문이 활짝 열렸다. 바람이 머리카락을 흔들었다. 나는 팔을 벌리고 창문 밖으로 날아갔다. 빛도 없고 시간도 없는 공간을 향해 헤엄쳤다.

우주를 다녀온 침팬지가 있었다. 우주 비행사들이 앓는 심리적인 증상이 있다던데. 광활한 우주를 대면할 때의 막막함과, 아웅다웅 살던 지구를 돌아볼 때의 초라함. 지구 80억 사람 중 극소수만이 겪었을, 그들 외에는 모를 그 심정. 침팬지는 어땠을까. 스스로 선택한 것도 아니고 던져져버린 여행. 침팬지는 알았을 것이다. 낭떠러지로 떨어지지 않으려는 동물의 본능으로, 제가 있는 곳이 지구가 아니라는 것을. 애를 써도 명확해지지 않는 복잡함을, 팔다리를 휘저어도 허공뿐인 외로움을 느꼈을 것이다. 나는 침팬지를 따라 우주를 떠다니며 괜찮다고 괜찮다고 말했다.

그 뒤로 자주 이어폰을 꽂았다. 책을 읽거나, 설거지를 하거나, 재활용품을 분리하거나, 노트북을 켜거나, 창밖을 내다볼 때 음악을 들었다. 음악이 흐르기 시작하는 순간 나는 다른 시공간으로 옮겨갔다. 소파에 앉아 있는 남편은 지나가는 사람1이

되었다. 화장실로 달려가는 큰아들은 지나가는 사람2가 되었다. 라면을 부셔 먹는 작은아들은 지나가는 사람3이었다. 나는 잔잔한 영화 속으로 들어가 강가를 거닐었다. 격정적 연주가 시작되면 이별의 고통에 괴로워하는 주인공이 되었다. 감각이 귀로 쏠렸다. 내가 있는 곳은 더 이상 집이 아니었다.

가족에게 부탁했다.

"내가 이어폰 꽂고 있을 땐 중요한 일이 아니면 말 걸지 말아줘."

그들은 기꺼이 지나가는 사람 1, 2, 3이 되어주었다.

나와 비슷한 취향의 사람이 많을 거라고 생각한다. 그들도 나처럼 다른 이와 음악을 공유하지 않을 뿐이다. 그들과 나, 우리들은 어딘가에서 혼자 음악을 듣는다. 훌쩍 떠난 여행자가 낯선 곳에서 맞이하는 새벽안개 같은 아련함을 즐기는 사람들, 가본 적 없고 어딘지도 모르는 곳을 동경하는 사람들, 창밖 어울려 지나가는 이들을 내다보며 방 안에 고립된 외로움을 만끽하는 사람들, 한마디로 약간의 우울과 슬픔을 즐기는 사람들. 그것을 삶의 동력으로 삼을 줄 아는 사람들. 그들이 나의 동료들이다.

십 년 뒤 우리는 떠올릴지도 모른다. 지금이 일생에서 가족이 함께 가장 많은 시간을 보낸 시기였다고. 밥 줘, 점심 뭐 먹지, 하는 말을 밀집되게 들은 시기였다고. 아직도 안 일어났어? 좀 씻어라, 따위의 말을 아주 많이 한 시기였다고.

나는 확신한다. 하루 종일 모여 앉아 이 년을 넘게 보내며 조금 불편하긴 했지만 싸움이나 증오가 없는 관계인 걸 깨달았다고, 서로에게 가능한 간섭하지 않고 각자의 영역을 침범하지 않으려는 노력을 확인했다고. 그리고 작은 이어폰으로 청승맞은 나의 우주를 만들었다고. 긴 인생의 일부인 코로나라 불리는 시대를 마감한 뒤, 우리는 이 시기를 그렇게 기억할 거라고 확신한다.

어딘가에 있는 동료들에게 묻는다. 이어폰을 꽂고 Camel의 〈Stationary traveller〉를 들으며 청승맞은 감정을 맘껏 즐기고 있나, 동료들?

자격지심 여행기

#부끄러운건부끄러운거고 #나는나만의길을간다
#미묘한자존감맛집

이건 자격지심이 심한 어떤 여자의 이야기야. 도
덕심이 있지만 일관되진 않고 규칙을 중요시하지
만 때때로 어기는, 그러면서도 남의 시선이 신경 쓰
여 편하게 행동하지 못하는, 그걸 후회하고 결심하
길 반복하는 여자의 이야기. 좋게 봐줘야 걱정과
민망함 많은 여자의 여행기. 들어볼래?

여자는 처음부터 망설였어. 그 카페에 갈지 말지.
내비게이션 목적지를 설정한 뒤에도 확신이 없었
어. 그곳은 너무 유명했거든. 포털 추천 순위가 무
려 2위였어. 리뷰에는 고급 레스토랑처럼 분위기가 좋
고 거기서 보는 일몰이 멋지다고 쓰여 있었지. 비쌀

까 봐 걱정했냐고? 가격은 상관없었어. 돈 따위 신경 쓰지 말자고 마음먹은 여행이었으니까. 이 년 넘게 집에만 있다가 떠난 여행이었고, 적금처럼 모아둔 여행경비가 있었거든.

여자가 망설인 건 이런 시기에 여행을 하는 것도 모자라, 유명 맛집에 가는 게 적절한 행동인지 고민되어서였어. 카페 주차장에 도착해서도 또 망설였어. 하지만 여자는 다행히 메타인지가 가능한 사람이었지. 난 왜 매번 망설이고, 유명한 곳을 피해 다니고, 사람들의 시선에 몸을 숨기는가, 의문이 든 거지. 여자는 답을 하듯 '그냥' 들어가자 마음먹었어.

카페는 소문만큼 멋졌어. 테이블을 빼곡히 채워 돈을 벌자는 의도는 전혀 없는, 넓은 공간에 테이블이 드문드문 놓인, 손님의 만족감과 분위기만을 배려한 인상을 주는 곳이었어. 테라스 문은 바다를 향해 활짝 열려 있고, 붉고도 노란 해가 수평선을 향해 열심히 내려가고 있었지.

여자는 조금 안심했어. 요즘 같은 때에도 손님이 꽤 많구나, 나만 여행을 온 건 아니구나, 테이블 간

격이 넓으니 별일 없겠지, 하고.

그런데 여자는 자격지심 덩어리잖아. 갈등이 시작됐지. 제일 먼저 한 고민은 어느 자리에 앉을까였어. 여자는 혼자잖아. 그런데 테이블마다 의자가 네 개씩 있는 거야. 이렇게 유명한 카페에서 혼자 테이블을 차지하기 미안했어. 테라스 근처 바다가 훤히 보이는 테이블이 아닌 뒷자리를 소심하게 골랐어. 곧이어 메뉴판을 들고 온 종업원이 창가 자리를 가리키며 물었어. 저기 앉지 않으시겠느냐고. 여자는 종업원의 배려가 감사했어. 흔쾌히 응하고 당당히 창가 자리로 입성했지.

곧바로 두 번째 갈등이 일었어. 커피 가격이 예상보다 싼 거야. 서울에서 이런 전망에 이런 인테리어라면 두 배 세 배는 될 텐데. 겨우 몇천 원짜리 커피 한 잔을 시키기가 미안했어. 배가 부른데도 쿠키나 샌드위치를 살폈고, 즐기지도 않는 달달한 음료들을 둘러봤어. 이번엔 꽤 오래 고민했지. 그러다 에이 내가 왜 이러지, 하는 생각이 들어 평소 먹던 카페라떼를 주문했어. 좀 미안한 건 참고 넘어가기로 했지. 카페라떼는 아주 화려한 무늬를 담고 나왔어. 예쁘고 고마웠지.

세 번째 갈등은 커피를 마시면서였어. 마스크를 벗어야 하잖아. 벗어서 탁자 위에 올려둘지, 벗었다 썼다 할지. 완전히 벗어두기에는 긴 시간이 신경 쓰였고, 벗고 쓰기를 반복하기에는 오랜만에 한 화장이 망가질까 걱정됐어. 주위를 둘러보았지. 남들처럼 하자, 생각했어. 어떤 사람은 벗었고, 어떤 사람은 썼더란 말이지.

마스크보다 더 눈에 들어온 건 그들의 옷차림이었어. 이 추운 날 어찌 그리도 파르르한 원피스를 입었는지. 반팔과 짧은 치마에 맨다리도 있었어. 게다가 그토록 파스텔 톤이라니. 거대한 폴딩 도어가 전부 열려 있잖아. 활짝. 여자는 자신의 옷차림이 창피해졌어. 칙칙한 군청색 트렌치코트, 짙은 색 청바지와 풀색 블라우스, 심지어 신발은 검은 앵클부츠. 그렇게 입고도 추웠지만 다른 이들의 옷차림과 대비되는 게 신경 쓰였어. 여자와 그들은 다른 계절이나 다른 나라에 사는 사람들 같았거든. 그들은 화사하고 자신은 음침하고.

다음 고민은 딱히 할 일이 없어서 생겼어. 바다

를 바라보는 것도 일이십 분이지. 들어온 이상 일몰은 보고 가야 하잖아. 이럴 때를 대비해 여자는 책을 챙겨 왔지. 스페인어권에서 잘나가는 로베르토 볼라뇨의 『살인 창녀들』. 제목이 좀 튀지만 읽고 싶었던 책이거든.

하지만 책을 읽기 시작하는 순간 신경이 쓰이는 거야. 주변은 온통 아름답고, 아름다움을 만들고, 아름다움을 찍는 사람들로 가득했어. 연인이 많았고, 웃음소리가 까르르이고 놀람 소리가 깍일 거같은 나이들이 대부분이었어. 테이블에 놓인 화병의 위치를 바꾸고, 커피 잔의 손잡이를 돌리고, 다리를 꼬고 고개를 꺾으며 연신 사진을 찍었어. 연인들은 다정히 손을 잡고 서로의 어깨에 기대어 풍경을 바라보았어. 아름다운 장면이었지.

활기가 넘치는 그곳에서 책을 읽는 게 민망했어. 아름다운 사람들이 마음속으로 손가락질하는 거같았어. 이런 데까지 와서 괜히 폼 잡기는, 혼자 온것도 폼 잡기 위해서일 거야, 책도 들고만 있지 읽지 않을 걸, 아주 구태의연해, 저 제목은 또 뭐니, 『살인 창녀들』? 뻔하디 뻔한 B급 추리소설이겠지,

저런 책으로 폼을 잡다니.

맞은편 남자가 기대고 있던 머리를 들어 연인의 귀에 속삭였어. 자기가 저런 허영심 덩어리가 아니어서 얼마나 다행인지 몰라. 여자는 들리지 않는 속삭임이 꼭 그렇게 말하는 것 같았어. 혼자 여행 온 게 후회됐지. 친구와 다닐 때는 몰랐던 감정이거든.

자세를 고쳐 앉고 허리를 곧게 세웠어. 반듯한 허리 속으로 최소한 나는 몰려다니지는 않는다는 도덕적 우월감을 주입했지. 하지만 곧 엉거주춤 무너졌어. 사실은 변하지 않았거든. 여자는 음침한 옷차림을 하고 화사한 카페에 앉아 『살인 창녀들』이나 읽는 사람이라는 사실.

얼른 자리를 벗어나고 싶었어. 그래서 어떻게 했냐고? 그런 상황을 글로 썼어. 코로나 시대 기록이라는 주제로 말이야. 다행히 글에 집중하는 동안 주변을 잊을 수 있었어. 책을 읽는 것보다는 노트북 작업을 하는 게 덜 폼 잡는 거 같기도 하고. 결국 여자는 버텼고, 일몰을 보았지.

이 이야기의 결말이 웃긴 건 자격지심의 그 여자

는 스타일을 바꿀 생각이 없는 고집불통이라는 사실이야. 아마 앞으로도 민망해하고 미안해하면서 살겠지, 자신을 변화시키기보다는. 세상이야 어떻든 각자 스타일대로 사는 거 아니겠어?

누가 따라온다

#밤의골목길 #검은점퍼에검은마스크
#진퇴양난

쇼윈도 조명을 켜둔 채 문을 닫은 상가 몇 개를 지나자 골목은 금세 어두워졌다. 오른쪽엔 공사장 가림막이 높게 쳐져 있고 왼쪽엔 상가주택이 길게 이어졌다. 드물게 가로등이 있고, 공사장 가림막에 일정 간격마다 조명등이 달려 있었지만 어둠은 짙었다. 주택가라고는 하지만 일층은 거의 식당이나 작은 술집이었고, 모두 문을 닫은 상태였다. 골목을 지나는 사람은 유진뿐이었다.

가끔 지나던 골목이었다. 여기가 이렇게 스산했던가 생각하다 열 시 영업제한을 떠올렸다. 유진도 영업제한 시간에 쫓겨나듯 술집을 나왔으면서 골목의 상황은 미처 예상하지 못했다. 게다가 언제

공사장이 되었는지.

더 들어가자 골목이 좁아지고 어두워졌다. 유진은 골목으로 관통해 가려던 계획을 접고 뒤돌았다. 멀리 검은 형체가 걸어오는 게 보였다. 뚜렷하지 않지만 덩치가 있고 키가 컸다. 바삐 걸어오던 형체가 유진을 발견하고 멈칫했다. 유진의 신경이 꼿꼿이 섰고, 서늘한 기운이 등을 스쳤다.

유진은 몸을 돌려 원래 가던 방향으로 걸었다. 머릿속으로 큰길까지 앞으로 남은 거리와 되돌아간다면 걸어야 할 길이를 가늠했다. 비교할 수 없을 정도로 되돌아가는 길이 짧았다. 유진이 뒤를 돌아보았다. 검은 점퍼와 검은 마스크까지 확인이 가능할 정도로 형체는 가까이 다가와 있었다. 유진은 형체를 지나쳐 갈 자신이 없었다. 마음이 다급해졌다. 걷던 방향으로 빠르게 걸었다.

그런데 앞쪽 갈라진 골목에서 사람이 튀어나왔다. 모자를 쓴 그는 급한 일이 있는 듯 뛰어나왔지만 골목에 서자 태연히 걸었다. 유진을 중간에 두고 검은 형체와 모자 쓴 남자가 앞뒤가 되어 좁은 골목을 한 줄로 걷게 된 꼴이었다. 유진의 가슴이 두근거렸다. 조금만 더 걷자, 모자가 나온 갈라진 골목으로 들어가자, 잠시만 참으면 이 상황을 벗어날 수 있다.

하지만 갈라진 골목은 막다른 길이었다. 유진은 쿵, 하는 자신의 심장 소리를 들었다. 어쩔 수 없이 가던 골목을 계속 걸었다. 이제는 앞의 모자 때문에 빨리 걷기도 꺼려졌다. 옆에 늘어선 상가주택의 이층 삼층을 올려다보았다. 불 켜진 창이 몇 있고, 꺼진 집이 훨씬 많았다.

입에서 절로 신음이 나왔다. 내가 소리를 지르면 누군가 내다보아줄까? 뛰쳐나와 도와줄까? 신고를 해줄까? 창문조차 열지 않으면 어떡하지? 복잡한 일에 휘말리기 싫다고 모른 척하면, 무슨 도움이 되겠느냐고 포기해버리면 어쩌지. 상상 속에서 유진은 더욱 무서워졌다. 아무 일도 없을 거라고 스스로를 다독이며 정신을 차리려 노력했다. 괜히 골목 길로 들어왔다는 후회가 일었다.

유진이 앞을 보고 뒤를 보았다. 앞뒤 거리가 더 가까워져 있었다. 검은 형체는 유진보다 걸음이 빨랐고 모자는 유진보다 느렸다. 앞뒤로 조여 오는 트랩에 갇힌 형국이었다. 유진은 걸음 속도를 조절하지 못하고 어쩔 줄 몰라 했다. 빠른 걸음이 아닌데도 헉헉 숨이 차올랐다. 긴장하면 안 돼, 판단력이 흐려지면 안 돼, 숨이 차는 건 마스크 때문이야.

핸드폰을 꺼내 키패드를 열었다. 112를 눌러야 하나 119를 눌러야 하나, 판단도 빨리 되지 않았다. 심호흡을 하고 112를 눌렀다. 통화 버튼만 남겨둔 채 핸드폰을 꼭 쥐었다.

앞서 걷던 모자가 가로등을 지나 어둠 속에서 뒤를 돌아보았다. 먼저 유진을 살피고, 다음으로 멀리 검은 형체를 보았다. 어두워서 명확히 분간할 수는 없지만 모자의 고개 각도가 그렇다고 유진은 생각했다. 다시 한번 핸드폰을 꼭 쥐었다. 모자와 검은 형체 둘이 눈빛을 교환하며 걸음 속도를 조절하고 있다는 생각이 들었다. 유진을 중간에 가두려는 목적이라고 확신했다.

통화 버튼에 손가락을 올렸다. 터치하려다 멈추었다. 유진의 말소리를 듣고 그들이 달려들어 해코지를 할 수도 있었다. 아무 일도 일어나지 않았는데

신고를 한다고 경찰이 바로 달려와줄지 의문이었
다. 설사 바로 온다 하더라도 상황은 끝난 뒤일 거
였다. 생각이 거기에 미치자 믿고 의지할 수 있는 게
없다는 생각에 절망했다.

　포기하는 심정으로, 될 대로 되라는 마음으로,
통화 버튼을 터치했다. 동시에 앞을 향해 뛰었다.
전화벨이 울리는 동안 모자를 치고 앞질러 달렸
다. 전화를 받는 소리가 들렸다. 유진은 숨을 몰아
쉬며 귀에 핸드폰을 가져다 댔다. 핸드폰이 흔들려
제대로 들을 수도 말할 수도 없었다. 살려주세요,
하고 소리를 질렀다. 더 이상 뛸 수 없을 정도로 숨
이 차다고 느꼈을 때 큰길이 나왔다.

　간판이 환하고, 사람들이 지나가고, 차들이 달렸
다. 유진은 컥컥거리며 주저앉았다. 빠져나온 골
목을 돌아보았다. 막 골목을 나온 모자가 유진을
흘깃 보고 걸어갔다. 길고 좁은 골목에는 가로등만
빛나고 아무도 없었다. 유진은 울음을 터뜨렸다.
숨으로 축축해진 마스크가 눈물 콧물로 젖어가고
있었다.

김
산
아

코로나 때문에

최지애

2013년 심훈문학상 수상. 2014년
『아시아』로 등단했다. 주요 발표작
으로 「달콤한 픽션」, 「팩토리걸」,
「러브 앤 캐시」 등이 있으며 앤솔러
지 『숨어버린 사람들』에 참여했다.

코로나 때문이라는 말에는
그래서 싫었다와 그래서 살
았다는 뜻이 담겼다.
코로나 없었으면 어떤 핑
계로 살았을까 생각하며 지
난 시간을 떠올렸다. 가까
운 사람과 멀게 산 시간과,
먼 사람과 거리를 유지한 채
살아온 시간은 우리를 어
떻게 달라지게 했고 어떻
게 살아가게 할까.

- 「파랑새노래방」
- 「방과 방 사이」
- 「팬데믹 러브」
- 「코로나 때문에」

파랑새노래방

#동선공개 #글쎄알고봤더니말이야

#불행중다행 #다행중불행

■ 3월 4일 수

자택 → 17:30 파랑새노래방 → 3월 5일 1:00 자택

■ 3월 5일 목

자택 → 14:44 산오름식당 → 15:15 커피엔줄리엣 →

17:30 파랑새노래방 → 3월 6일 1:00 자택

■ 3월 6일 금

자택 → 18:00 파랑새노래방 → 3월 7일 1:00 자택

■ 3월 7일 토

자택 → 17:30 파랑새노래방 → 3월 8일 1:00 자택

■ 3월 8일 일

자택 → 14:30 파랑새노래방 → 19:26 김명자낙지마당 →

23:30 자택

■ 3월 9일 월

자택 → 14:30 파랑새노래방 → 3월 10일 1:00 자택

경기도 안산 #4 (67세, 남)
확진자 거주 아파트는 접촉자가 나오지 않았으며 엘리베이터 등 동선에는 방역소독 완료하였습니다. 향후 질병관리본부의 조사 결과에 따라 접촉자가 더 발생하거나 일부 동선이 달라질 수도 있음을 알려드립니다.

시청 게시물에 올라온 4번째 확진자 동선이었다. 그는 일주일 내내 노래방에 갔다. 그것도 매일 같은 곳만 계속해 다녔다. 얼마나 노래를 좋아하는 거지? 어디 노래자랑이라도 나가시나? 여기 혹시 도우미 나오는 노래방 아냐? 사람들은 노래방의 'ㅇ' 대신 하트가 그려진 알록달록한 네온사인 간판을 떠올렸다. 노래방을 아홉 번이나 간 그의 동선이 실시간 검색어 1위에 올랐고, 호기심 어린 댓글과 불순한 관심이 뒤를 이었다. 한편으로는 이곳저곳을 휩쓸고 다닌 다른 사람에 비해 동선이 단순하니 차라리 나은 것 같다고도 했다. 어쨌든 결과적으로 대다수는 생각했다. 새벽 한 시라도 외박은 안 하고 집으로 들어갔으니, 뭐로 보나 다행한 일이었다.

그날, 그는 정기검진을 위해 병원 심장내과를 방문했었다. 진료 직전 열이 나고 체온이 높아 검사를 권유받았고, 결국 코로나 양성 판정을 받았다. 그는 곧바로 병원으로 격리 조치되었다. 동선을 살피니 특정 시간대 노래방을 수차례 드나들었다. 어쩐지 불길하고 불결하게 여겨졌다. 더구나 비말이 난무할 가능성이 있는 노래방이기에 집단감염의 우려가 증폭되었다. 불확실성의 나날, 모두가 불안했고 사람들은 어느 때보다 신경이 곤두서 있었으며, 누구라도 누군가를 온전하게 믿기는 어려웠다. 그의 가족으로는 64세 부인과 37세 딸이 전부였다. 이후 그들은 검사에서 음성 판정을 받았다. 다행한 일이었다.

파랑새노래방은 사거리 코너에 있는 건물 삼층에 위치해 있었다. 오래되어 낡긴 했지만 제법 멀끔한 하얀 간판이 멀리에서도 눈에 들어왔다. 창문을 가리는 싸인물이 없어 안에서도 바깥이 훤히 내다보일 터였다. 일층에는 외국인 이주민을 주 대상으로 한 핸드폰 매장이, 이층에는 네팔 인도 요리

레스토랑이 이웃해 있었다. 주인은 67세 남성이었고 아내와 함께 노래방을 운영했다. 그리고 cctv와 매출 전표를 확인한 결과 그가 노래방에 있던 시간, 노래방을 다녀간 인원은 정확히 알 수 없지만 총 다섯 팀이었다. 아내가 카운터를 봤기 때문에 손님들은 그와 접촉하지 않았다. 다행한 일이었다.

매일 자신의 일터인 노래방으로 출근한, 한 중년 남성에게 쏟아졌던 의구심은 한순간 확진자 정보와 동선의 공개가 과하다는 의견으로 바뀌었다. 숨기고 싶은 사생활이 공개되어 피해를 당한다는 지적도 덧붙여졌다. 다행한 일인 건가. 그날 노래방을 방문한 팀은 불과 다섯 팀, 이른 시간 노래방에 방문할 손님이 없다는 상식을 반영하면 하루 매출이 어느 정도인지는 알만 했다. 아르바이트생 하나 고용하지 못하고 아내와 시간을 나눠 번갈아 노래방을 지켰으니, 어쩌면 짐작은 현실과 일치할지 몰랐다. 당장에 행정명령이 쓰인 서류 한 장이 파랑새 노래방 유리문에 붙었고, 영업은 정지되었다. 한동안 건물을 찾는 사람들은 뜸했고 더 이상 노래는 울려 퍼지지 않았다. 확진자는 속수무책 늘어갔고 사람들의 기억 속에서 4번 확진자는 서서히 잊혔다. 다행한 일이었지만, 다행하지 않기도 하였다.

방과 방 사이

#코로나확진 #실직과이직
#미각과후각 #그날우리가마신것은

가족 네 명 중 세 명이 코로나에 걸릴 줄은 몰랐다. 나는 오빠를, 오빠는 나를 우리는 서로를 전파자로 지목했다. 오빠는 내가 커피숍 아르바이트를 하니 아무래도 불특정 다수의 사람들과 접촉할 가능성이 높지 않겠느냐는, 제법 논리적인 설정으로 접근해왔다. 그러나 내가 일하는 커피숍은 지나치게 한적해 주인에게 하루 매상 보고를 하는 게 민망함을 넘어 죄송한 수준이었다. 골목 한 블록 건너마다 있던 커피숍이 하나둘 문을 닫았고, 그 때문에 아르바이트를 다시 구해야 한다는 동기들 소식이 메신저로 들려오고 있었다.

저가항공사의 스튜어디스였던 우리들이 가장

많이 일하는 곳이 공항 근처 커피숍이었다. 처음엔 언제고 다시 복직을 해야 하니, 임시적인 일을 구할 수밖에 없다고 생각했다. 나야 집에서 출퇴근하지만, 가양동 쪽에 월세나 전세를 구한 동기들은 계약 기간도 한참이나 남아 있었다. 입사하자마자 터진 코로나는 대형 항공사는 아니어도 족히 두 자리 수 이상의 경쟁률을 뚫고 취직한 기쁨을 앗아갔다. 몇 번 입지도 못한 항공사 유니폼은 드라이클리닝 된 채 옷장에 걸렸고, 우리 중 몇 명은 복직에 미련을 버리고 다른 일을 찾아 떠나기도 했다.

– 야, 어제도 하루 종일 세 명 왔다 간 커피숍이야. 나, 사장, 우유 배달 아저씨. 배달이랑 청소하는 너는 안 그러냐? 나보다 사람들 더 많이 만나지!

나도 오빠에게 맞서 응수의 카톡을 보냈다. 오빠는 배달 일을 매일 하고 있었고, 최근에는 오전에 건물 청소하는 일까지 늘렸다. 솔직히 인간 구실 못하던 오빠가 이렇게 열심히 살았던 적이 있나 싶을 정도였다. 프리랜서 사진작가였던 오빠는 매거진이나 기업매체가 줄어드는 추세 때문에 원래도 하던 일이 많지 않았다. 카메라 봇짐을 둘러매고 해외를 누볐던 때를 추억하며 엄마아빠에게 빌붙어 살아가는 중년어린이. 오빠를 떠올리면 적게 일하고 조금 먹으며 많이 자고 오래 누워 있던 기억이 전부였다. 그런데 낯선 풍경과 장소, 사람들을 향해 셔터를 눌러대던 오빠는 이제 낯선 집의 초인종을 누르는 일로 바쁘게 살아가고 있었다. 그러니까 오히려 코로나가 터진 뒤 생활력 만렙이 된 경우인데, 오빠를 볼 때마다 이건 코로나의 거의 유일한 장점이자 기적이 아닌가, 싶은 마음이 들었다.

　- 야 야, 거리지 마! 내가 너보다 여덟 살이 더 많은데, 맨날 반말이야? 그리고 나 로켓프레시 새벽배송이야. 무식한 게 '언택트' 몰라?
　- 집어치워, 답도 없는 것들아! 내가 그동안 어떻게 살았는데, 니네 때문에 코로나라니.

　그랬다. 우리의 갑론을박 중, 명백한 사실은 우리 중 누군가가 엄마에게 코로나를 전염시켰다는 거였다. 엄마는 유난스러울 정도로 전염병에 대한 공포가 있었고, 그 때문에 코로나 창궐 초기에는 바깥 활동을 일절 하지 않았다. 시장 가기, 은행 가기, 친척집 방문 등 모든 바깥일을 아빠가 도맡아 대신했고, 흔한 문화생활이나 친구 만나기 등도 과감히 패스하였다. 나는 엄마를 통해 사람이 집에서만 생활하는 게 가능하구나, 깨달았고 엄마는 사는 데 전혀 불편함을 느끼지 않는 듯했다.

우리는 각자의 방으로 들어가 문을 닫았다. 소통은 오로지 핸드폰 메신저로 했다. 카톡으로 화장실 가는 순서를 확인했고, 볼일을 본 뒤에는 꼬박꼬박 샤워기로 물청소를 하고 분무기를 뿌려 소독을 하고 나왔다. 우리에게 식사를 공급해줄 아빠는 이층에서 떨어져 생활했다. 그나마 화장실이라도 두 개인 집이니 함께 머물 수 있었다. 아빠는 각자의 방문 앞에 밥이나 간식, 음료수 같은 것을 놔주고 메시지를 보냈다. 고객님이 주문하신 음식이 배달 완료되었습니다. 그러곤 KF94마스크와 니트릴 장갑을 끼고 배식 전용 추리닝의 후드를 뒤집어쓰고 스트링으로 목을 꽉 졸라맨 자신의 셀카를 첨부

했다.

자가격리하던 나날은 생각보다 빨리 지나지 않았다. 더디 가는 시간 속에서 최대한 각자의 영역에서 움직이지 않고 서로 마주치지 않는 것으로 우리는 서로를 보호할 수밖에 없었다. 코로나가 몇 해 계속되고 몇 만을 넘어서는 확진자 스코어에 적응한 탓도 컸고, 처음처럼 치사율이 높지도 않았으며, 완치 사례가 온라인에 충분했음으로 우리는 별 걱정 없이 버틸 수 있었다. 말도 안 되지만 어쩐지 혼자가 아니라는 사실도 은근히 위로가 되었다. 지난 몇 년 동안 잠잠했던 가족 단톡방은 생존을 위한 수단으로 변모했고, 사사건건 물고 뜯고 히죽거리느라 엄청나게 활발했다.

 - 코로나 증상 중에 미각과 후각을 잃는 게 있다는데?
 - 어, 오빠 너도 이상해? 나 오늘 밥 먹는데 아무 맛이 안 느껴지더라. 엄마는?
 - 방 안에 냄새 맡을 게 없어서 후각은 모르겠는데, 나도 먹는 건 좀 그러네. 입맛도 영 없고.

－ 일주일 안에 돌아온다는 사람도 있고 한 달 걸린 사람도 있대.

－ 아, 그럼 코가 막힌 게 아니구나. 나는 음식 냄새가 안 나서 내 코가 막힌 건 줄 알았어.

－ 아들아, 너는 왜 그렇게 한결같이 모자란 거냐, 쯔쯔. 니가 나이를 먹은 것도 못 느끼는 거 아니냐?

－ 진짜 우리 엄마지만 현실인식 최고야. 어떻게 이렇게 뼈 때리게 객관적일 수 있어?

－ 그만들 좀 해. 방문 앞에 음료 가져다 뒀으니까, 다들 가지고 들어가서 맛봐. 진짜 미각이 없나. 나도 이제 밥해대는 거 지겹다. 차라리 내일이라도 출근하고 싶다, 진짜.

방문을 열자 아빠가 가져다 놓은 종이컵이 보였다. 블랙커피 같았는데, 손으로 잡아도 컵이 뜨겁지 않았다. 아니, 이왕에 서비스하는 김에 '아아'든 '뜨아'든 하나는 선택해야 하는 거 아냐? 전염병에 걸린 가족을 돌보는 아빠의 손길이 영 시원찮은 게, 며칠 사이 이미 초심을 잃은 듯했다. 그나마 하루이틀이면 정해진 격리 기간이 얼추 끝나는 일정이었다. 격리가 끝나면 다시 일상으로 되돌아갈 수 있을 터였다. 어디로 돌아가야 제대로 시작하게 되는 걸까. 코로나에 걸리기 이전의 나로? 아니면 코로나 이전의 세상으로? 어느 시점으로 돌아가야 모든 게 제자리를 찾는 걸까, 그게 가능하기는 한 건가. 에라이 모르겠다. 그만 생각하자. 머리를 거칠게 흔들었다. 뜨겁지 않다는 걸 확인한 나는 맥주를 들이키듯 단숨에 종이컵을 입에 대고 내용물을 들이켰다.

－아빠 완전 미친 거 아냐. 나 침대에 다 뿜었어.

－그럼 딸은 괜찮은 거네. 완치를 축하한다. 당신은 어때?

－진짜 이혼하고 싶다.

－그럼 당신도 완치다. 이혼도 완치가 되어야 하지. 축하해.

－이거 뭐야 아빠? 처음 먹어본 맛인데?

－냄새는 느껴지냐, 아들아?

－희미해. 맛도 뭐랄까 약간 비릿한가? 커피 맛이 왜 그러지?

- 큰일이구나. 너는 아직 코로나다. 방 밖으로 절대 나오지 마라.

- 근데 이거 뭐야? 나 다 마셨는데도 모르겠어.

- 오빠 진짜 미각 후각 잃은 거 같은데?

- 너는 됐고, 엄마는 아빠가 준 거 뭔지 알겠어?

- 코로나 걸린 것도 억울한데 이게 무슨 벌칙 받는 것도 아니고 아니다. 니네 낳고 니네 아빠랑 계속 사는 내 인생이 벌칙의 연속이지.

- 뭔데 엄마? 나 진짜 모르겠어.

- 어휴, 모자란 오빠 놈아, 까나리액젓이잖니.

세상에. 텔레비전 버라이어티 프로그램에서 벌칙으로 쓰이던 그 까나리액젓이 맞았다. 입 밖으로 토하듯 뱉어낸 액체가 침구에 갈색 얼룩을 만들어냈다. 방 안 가득 액젓의 비릿함이 퍼졌다. 아빠의 말도 안 되는 테스트 덕분에 미각도 후각도 멀쩡하다는 건 증명되었다. 그래, 이것이야말로 일상의 향기였다. 역시 나는 다 나은 건가? 오빠 따위야 미각이든 후각이든 잃어도 상관없었다. 그게 뭐 대수라고. 오빠에게 없는 게 그 감각들만도 아니었으므로.

이제 곧 격리는 해제될 터, 우리는 각자 검사를 하고 결과에 따라 여태 살아온 것처럼 생활하면 되었다. 아침 일찍 나가 저녁 늦게 들어오고, 서로 무슨 생각을 하며 살아가는지 궁금해하지 않으며, 가족 단톡방은 한 달에 한두 번 울릴까 말까 한 고요한 일상으로. 물론 나는 격리가 해제되어도 새롭게 일할 다른 커피숍을 찾아야겠지만 말이다. 복직은 할 수 있으려나. 커피숍 서빙 대신 기내 서비스를 할 날이 오기는 올는지. 답도 없는 고민에 열을 올리느니 생각을 말자. 재수 없게 한숨 쉬는 대신 차라리 심신의 안정을 위해 심호흡을 하자. 순간, 까나리액젓의 비릿함이 콧속 깊이 훅 끼쳐 들어왔다.

팬데믹 러브

#안하는것보다나은 #코로나연애
#일산과일상사이 #이생망

"오늘은 또 뭐 하지?"

"산에나 가자."

코로나 이후 우리의 데이트는 주로 등산이었다. 물론 그렇다고 그게 설악산 단풍 구경이나 한라산 오름에 오르는 일이거나, 지리산 종주가 될 리는 없었다. 고작 동네 뒷산이나 다름없는 고봉산 두 시간 코스를 가는 거였다. 산에나 가자, 는 말에서 어느 것을 선택해도 상관없음을 나타내는 연결 어미 '-나'가 붙는 것만 봐도 알 수 있듯, 몸을 움직일 동력도 되지 못하는 데이트였으니 설렘은커녕 오로지 코로나로 계속 불어나는 서로의 몸집을 감당코자 내린 결정이었다.

우리에겐 등산 루틴이 있었는데, 오늘도 어김없었다. 먼저 산에 오르기 전 주차를 하고, 초입에 자리한 두부집에 들러 보쌈 정식을 한 그릇씩 먹었다. 먹는 동안 우리는 각자의 핸드폰을 바라보느라 서로 말 붙일 기회를 잃었다. 살코기 한 점 남기는 일 없이 그릇을 싹싹 비운 뒤 무거워진 몸을 이끌고 산행을 시작했다. 어쩐지 오늘은 그냥 집으로 돌아가 낮잠이나 자고 싶은 심정이었다. 밥까지 먹고 그냥 가자고 하면 뭐라고 할까 싶어, 참고 또 참으며 느릿느릿 걸음을 옮겼다.

초반 오르막을 지나는 동안 그는 스틱 대신 사용할 튼튼한 나뭇가지 하나를 다듬어 내게 건넸다. 나는 그것에 몸을 의지해 오르막을 올랐고, 거친 숨을 내쉬며 몇 분 쉬다 보면 그는 이미 저 멀리 가 있곤 했다. 멀찍이 떨어져 뒷짐을 지고 산을 오르는 그의 꽁무니를 따라가며 나는 고개를 갸웃거렸다. 그러니까 이 등산을 우리가 '같이' 한다고 말하는 게 맞는 건가? 하는 의문이 들어서였다. 마스크를 끼고 산에 오르자니 숨 쉬는 게 불편했다. 이 짜증과 지겨운 기분이, 계속되는 코로나 때문만인지는 알 수 없었다.

바깥에서 하는 데이트가 어려워지면서 커플들은 자연스럽게 집이나 모텔 등 실내에서 오래 머물게 되었다. 어쩌면 그게 코로나 시기 연애의 가장 큰 변화일지 몰랐다. 물론 우리는 나이도 있고, 그에게는 혼자 사는 집도 있었으니 코로나 이전부터 아주 익숙한 방식이었다. 금요일 저녁에 퇴근하고 일산에 있는 그의 집에서 만나 같이 저녁을 먹거나 맥주를 한잔 하고, 결제해놓은 영화를 보거나 간혹은 섹스를 하거나. 정오까지 늘어지게 자고, 청소기나 세탁기를 돌리고, 점심을 먹을 겸 고봉산을 향하는 것.

매주 똑같은 패턴의 데이트를 하고 똑같은 체위의 섹스를 하고, 똑같은 등산복 차림으로 산에 오르는 우리는 그러니까 너무 오래 만난 걸까. 하지만 몇 년이나 지속한 연애는 그것을 마무리할 용기마저 앗아갔다. 싸움의 원인조차 모호하게 만들고, 화해의 계기조차 필요치 않은 사이. 딱히 잘못한 사람도 없고 잘한 사람도 없는 비등비등한 대결 같은 만남. 사람에게 익숙해진다는 거야말로 전염병

같은 걸지도 몰라. 아무튼 모든 건 다 이놈의 코로나 때문이야. 입버릇처럼 튀어나오는 혼잣말을 내뱉었다.

"아무래도 이번 생은 망했다."

운동 부족의 몸으로 산에 오르는 일도 힘들긴 마찬가지였다. 그렇긴 해도 숨이 차오르게 산에 오르다 기습처럼 맞이하는 맞바람만은 시원했다. 혼자 걷는 산길에서는 가끔 마스크를 내리기도 하였다. 마주 오는 사람이 보이면 얼른 다시 마스크를 코까지 올렸지만, 잠시의 상쾌함이 기분을 나아지게 만들어주긴 하였다. 어쩌면 그래서 다들 산에 다니는 건지도 몰랐다. 앞서가는 그는 한 번씩 뒤를 돌아보며 내가 제대로 따라오는지 살폈다. 오고 있는 걸 확인하면 다시 앞을 향해 몸을 돌렸다.

이 등산이 데이트가 아니라는 증거는 또 하나, 쉬는 시간이 없다는 거였다. 사철 바뀌는 풍경을 바라보며, 다가올 계절을 기대하며, 불어오는 바람을 맞으며 어디 바위에라도 털썩 주저앉아 배낭에 싸온 오이나 방울토마토라도 씹어야 하는 게 아닌가. 아무튼 지금 이 순간 목을 축여줄 물병과 조난을 당하면 구조 요청할 핸드폰마저 그의 등산 가방에 들어 있으니, 그 등짝을 향한 걸음을 멈출 수는 없는 노릇이었다.

마지막 고비가 되는 코스를 거의 네 발로 기어올라 정상에 도착했다. 머리는 산발에, 재킷은 풀어헤치고 얼굴은 피 토하듯 붉어져 있을 터였다. 일찌감치 도착한 그는 운동기구에 올라 허리 돌리기를 하고 있었다. 나와 눈이 마주치자마자 웃기 시작하는데, 그 모습이 어찌나 얄미운지 유연하게 돌리는 옆구리에 날라차기라도 하고 싶은 심정이었다. 산행을 하듯 오르락내리락하는 내 감정을 알 턱 없는 그는 기구에서 내려와 저만치에 파라솔을 피고 전통음료를 파는 아줌마에게로 갔다.

그는 두 개의 종이컵을 손에 들고 벤치에 널브러져 앉은 내게 다가왔다. 오른손에는 자신이 마실 칡즙이, 왼손에는 내가 마실 오미자차가 들려 있었다. 종이컵을 받아 쥐고 나는 단숨에 오미자차를 들이켰다. 차가운 오미자의 발효 탄산이 심장을 어택하는, 짜릿한 기운이 전신으로 퍼졌다. 야, 체해. 천천히 마셔. 익숙한 레퍼토리의 잔소리였다. 그러고는 옆에 앉아 셀카 모드를 한 핸드폰을 얼굴 앞으로 들이밀었다. 등산을 기념하는 사진 촬영. 잠깐만 좀 기다려봐, 나 엉망이잖아.

정상에 오르면 같은 위치에 같은 포즈로 매번 사진을 찍곤 하였다. 그러니 당연히 매번 못생기게 나오곤 했는데, 그는 아랑곳하지 않았다. 그렇게 고봉산 등반 기념사진이 폴더에 차곡차곡 쌓이고 있었다. 나는 사진 속 상기된 두 사람의 얼굴을 바라보며 차례로 눈을 맞췄다.

"오빠, 우리 사진은 맨날 똑같아. 등산복 차림에 얼굴은 벌겋고. 멀쩡한 모습이 하나도 없어."

"그건 우리가 일상을 함께하니까 그런 거지."

"… 뭐, 잘못 먹었어?"

"맞잖아. 일상을 같이 보내는 거, 맞는데?"

"어디서 약을 팔아, 안 어울리게?"

"나 틀린 말 한 거 없는데?"

"됐어, 일상이 아니고 일산을 함께하는 거겠지."

웬일로 예상치 못한 대답이 돌아왔다. 잠시도 오글거리는 걸 못 참는 우리는 결국 괜한 농담으로 대화를 마무리했다. 이제 내려가자. 벌써? 너 다

마셨잖아. 우리 앉은 지 십 분도 안 됐어. 그만 가게 일어서 얼른, 땀 식으면 감기 걸려. 가방을 들고 먼저 일어선 그가 앞섶을 여몄다. 얼른 지퍼 올려. 그리고 내가 말했지, 주머니에 손 넣고 걷지 말라고? 대꾸도 없이 가만 앉아 있는 나를 뒤로하고, 대답은 들을 필요도 없다는 듯 멀어져가는 그를 바라보며 생각했다. 그럼 그렇지. 달달한 멘트 하나에 홀린 나 자신 부끄럽네?

이번 생은 망했다. 확실히 그런 것 같다. 그러거나 말거나, 어쨌든 오빠 따라 내려는 간다. 뒷모습을 바라보며 같이 걷는다고 믿어, 의심치, 않아본다. 내가 지금 오른 산은 고봉산이 아니라 너라는 산, 내가 지금 가려는 길은 산길이 아니라 인간 성숙의 길. 모름지기 사랑은 자기최면과 정신승리가 필수 아니었던가. 오빠, 같이 가! 소리쳐 부르자 그가 뒤돌아 멈춰 선다. 얼른 뛰어가 손을 맞잡는다.

"오빠, 근데 이생망이 무슨 말인지 알아?"

"글쎄, 요즘 애들 쓰는 줄임말인가?"

"어 맞아, 줄임말이야."

"아!"

"뭔지 알겠어?"

"이런 생각 망측해?"

입 밖으로 터져 나오는 웃음소리를 마스크는 막지 못했다.

코로나 때문에

#모든걸이해시켜주는 #때문에와덕분에
#변명과핑계 #그럼에도그게인생아닐까

콜택시가 제시간보다 일찍 도착했다. 바로 나가 겠다고 기사에게 말하고 전화를 끊었다. 겉옷과 가방을 챙겨 몸을 일으키는 동안, 재바른 오빠는 이미 짐을 들고 대문을 나섰다. 양손에는 꽁꽁 언 음식이 든 검은 봉지가 두어 개씩 들려 있었다. 무거운 걸 들고 끙끙대며 걷는 움직임엔 서두르는 마음이 묻어났다. 더 작아진 것만 같은 체구와 백발의 짧은 머리, 균형을 잡지 못하고 어딘가 휘적거리며 걷는 불안한 걸음새에 마음이 쓰였다.

칠십 넘은 동생이 거의 이 년 만에 집에 온다는 말에, 팔십을 넘긴 오빠는 며칠 전부터 음식을 장만하느라 분주했을 것이다. 필요한 것들이 생길 때마다 자전거를 타고 경동시장에 갔다고 했다. 뼈를 삶아 국물을 내고 만두를 만들고 고기를 재우고 전을 부치고 묵을 쑤었다. 거기에 딸려 보낼 참기름, 깨소금, 고춧가루, 매실액을 챙겼다. 행여나 동생이 못 오면 어쩌나 하는 마음에 미리미리 만들어 냉동실에 얼려두었던 것이었다. 돌덩이처럼 무거운 음식 봉지를 들고 택시 옆에 선 오빠가 나를 향해 몸을 돌렸다.

"이제는 좀 편하게 살아."

"네 그럴게요, 오빠."

"다리 성할 때 친구들이랑 꽃구경도 다니고."

"그럴게요, 근데 코로나 때문에 호시절이 다 가네요."

"호시절은 무슨, 살 만치 살았지."

"저 가요. 또 올게요."

"그래, 아범 일은 더 마음 쓰지 말고. 자네는 할 만큼 했어."

오빠는 택시 문을 닫아주곤 몇 발 물러섰다. 나는 차마 창문은 내리지 못한 채 목을 숙여 인사했다. 택시는 곧 출발했고, 오래된 간판이 줄지어 선 바깥

풍경이 빠르게 지나쳐 갔다.

코로나 때문에 우리는 거의 만나지 못했다. 오래 전 사별한 뒤로 오빠는 집밖에 몰랐고, 바깥일을 좀처럼 만들지 않았다. 나 역시 어머니가 살아계셨다면 더 자주 들렀겠지만, 몇 해 전 돌아가신 뒤로는 도무지 빈방을 마주할 자신이 없었다. 오빠 혼자 사는 집이라는 사실이 나를 더 망설이게 했는지도 모르겠다. 더욱이 그사이 코로나가 심각했고, 남편마저 영영 걷지 못하는 사람으로 집에 누워 생활하는 신세가 되었다. 간혹 내 어머니를 떠올리면 그립다가도, 이 모든 걸 보지 않고 가셨으니 차라리 잘된 게 아닌가 하는 생각이 들었다. 칠십 년 넘게 살면서 코로나 같은 건 나 역시 처음이었으니까.

아무래도 오빠의 마지막 말이 택시를 따라 탄 것 같았다. 어쩐지 가슴이 뻐근하게 느껴졌다. 아침엔 그래도 제법 기분이 좋았다. 얼마 만에 혼자 집을 나서는 길인가. 단출하게 가방 하나 들고 나가는 게 그렇게 가볍고 상쾌할 수 없었다. 주사약, 먹는 약, 소변 줄, 두유나 오렌지주스, 물티슈와 여분의 마스크, 두 사람의 핸드폰과 지갑을 전부 넣어

들고 다니던 보조 가방 하나 없어졌을 뿐이었지만, 마치 인생의 큰 짐에서 놓여난 기분마저 들었다.

근처 마트에 달걀이나 우유만 사러 가도 남편을 안전하게 눕히곤 여러 말을 당부해야 했다. 나 금방 갔다 올게. 당신 혼자 있는 거 괜찮지? 화장실 안 가도 되나? 나 올 때까지 움직이지 말고 있어. 괜히 넘어지면 큰일 나. 그냥 누워서 핸드폰하고 있어. 때때로 잠들어 있는 남편을 흔들어 깨웠다. 일어나봐, 응? 일어나. 먹을 걸 챙겨주고 나가야 내가 마음이 편하지. 그러다 저혈당 오면 어쩔 거야. 아니 근데 왜 그렇게 맨날 잠만 자. 이거 먹고 누워, 얼른. 그럴 때면 남편이 게슴츠레한 눈을 떴다. 나를 바라보는 눈동자에는 아무것도 담기지 않은 것 같았다. 움직이지 않는 남편의 몸을 내려다보는 것만으로도 매일 아침이 참담했다.

불쌍하고 가엽게 여기다가도 언제 그런 생각을 했냐는 듯, 모든 게 원망스러운 순간은 자주 찾아왔다. 바들바들 떨면서 내 팔에 의지해 넘어지지 않으려 안간힘을 쓰는 모습이 숨 막히게 느껴졌다. 나보다 훨씬 큰 체구로 나를 짓누르는 무게를 온몸으로 받아내며, 무너지는 감정에 내가 깔려 압사할 것만 같았다. 왜 이래. 정신 차려. 힘 좀 줘봐, 바보 야? 아니 정신은 멀쩡한데, 왜 이렇게 생각이 없어. 이제 나도 몰라. 당신이 알아서 해. 왜 이렇게 흘리 고 먹어, 더럽게. 씻어, 냄새나. 나의 거친 손길과 사 나운 언사가 상대를 얼마나 깊게 할퀴었을까.

택시는 몇백 미터 앞에서 신호 대기를 하다 유턴 을 했다. 왔던 길을 되돌아가며 혹시나 하는 마음에 길 건너를 바라보았다. 길가에 앉아 있는 오빠가 보 였다. 내가 탄 택시가 다시 집이 있는 길목을 지나 칠 걸 알고 있을 터였다. 예전 같으면 날랜 몸을 가 만두지 못하고 서성이며 손이라도 흔들었을 것이 었다. 적어도 오늘처럼 이렇게 맥없이 앉아 있지는 않았을 터였다. 무리해 짐을 들고 뛰어서인지, 오빠 는 앉아 숨을 고르는 듯했다. 나이는 그 누구도 비켜 가지 못했다. 눈물이 많아졌어, 확실히. 마스크를 살짝 들어 휴지로 코끝을 찍으며 생각했다. 전부 나이 탓이지, 뭐.

살려면 누군가나 무언가를 탓해야 했다. 코로나 와 맞물려 시작된 수발의 시간은 결코 녹록지 않왔다. 모든 건 코로나 탓이라고, 입버릇처럼 튀어 나오는 혼잣말을 무수히 내뱉으며 버텼다. 그렇게 하지 않고는 설명하지 못할 일이 너무 많았다. 왜 무슨 이유로 나에게 이런 일이 생기는가? 하는 질문을, 사는 게 다 그런 거 아니겠어? 하는 말로 퉁치지 않고는 그 어떤 말로도 답을 내릴 수 없었다. 늙은이처럼, 늙은이답게 다 그러려니, 어쨌든 감당할 수 있으니 그걸로 됐다, 하는 마음으로 시간을 보냈다. 하지만 그사이 시간은 우리를 참으로 노쇠하게 만들었고, 나는 지난 주말 결국 남편을 요양원으로 보냈다.

그날은 현관에 들어서는 딸아이 분위기가 평소와 달랐다. 평일 저녁에 집에 오는 일이 드물었던 건 물론, 양손에 먹을 거나 생필품을 바리바리 들고 신발도 벗기 전에 아빠, 딸 왔어! 우리 아빠는, 자? 요란스럽게 등장했을 터였다. 침대에 누워 있는 제 아비에게 다가가 눈을 맞추고 뺨을 부비며, 망설임 없이 뼈밖에 안 남은 종아리를 매만졌을 거였다. 하지만 딸은 아비가 쓰러지고 처음으로 신도 벗지 못한 채 나를 마주 보고 서서 엉엉 소리 내 울었다.

어른스럽게 굴며 자기 앞에 놓인 집안일을 처리하던 듬직한 모습은 온데간데없이, 어린 시절 자신을 데리러 올 엄마를 교실에서 혼자 기다리며 서럽게 울던 영락없는 애의 모습이었다.

딸은 이번에 연락 온 입원 기회를 놓치면 안 될 것 같다고 했다. 알아본 곳 중 시설도 제일 좋고, 케어 프로그램도 좋다고. 입구부터 눈살 찌푸려지는 곳들과 달리, 산뜻하고 깨끗한 분위기라고. 사람들도 병원 유니폼을 정갈하게 입고 일한다고. 더구나 집에서도 거리가 멀지 않았고 대중교통 노선이 편하다고. 무엇보다 소란스럽지 않은 분위기에 자그마한 정원이 있어 마음에 든다고. 우리 아빠 시끄러운 거 안 좋아하잖아, 엄마.

이런 날이 오리라는 걸 준비하지 않은 건 아니었다. 간혹은 우리 세 식구가 함께할 시간이 그리 길지 않은 것 같다는 이야기를 딸과 나눈 적도 있었다. 남편의 상태는 내가 감당할 정도를 넘어선 지 오래였다. 몸의 자발적인 움직임은 거의 멈췄고, 삼키는 것과 호흡하는 정도가 남았을 뿐이었다. 남편을 부축하다 둘이 같이 넘어지기도 했고, 손아귀로 남편

허리춤을 움켜쥐고 일으켜야 하는 상황 탓에 열 손가락 모두 관절염으로 오그라들었다. 얼마 전 좁은 화장실에서 넘어진 남편은 갈비뼈가 석 대나 나갔다. 딸과 나 그리고 어쩌면 남편까지도 우리가 집에서 할 수 있는 게 이제는 거의 없다는 걸 눈치채고 있었다.

이번을 놓치면 언제 또 기회가 올지 몰랐다. 누군가 침대를 비워야 예약자 명단에 이름을 올린 다음 사람이 들어갈 수 있으니까. 그러니 이번에 거절하면 마음에 둔 곳에 들어갈 가능성은 거의 없을 터였다. 문제는 코로나 때문에 면회가 일절 되지 않는다는 것. 더구나 들어가는 날에도 입구에서 헤어져 환자만 들어가야 했다. 병원 관계자가 데리고 들어갈 테지만, 낯선 곳에 거동 못 하는 남편을 두고 올 생각을 하니 벌써부터 가슴이 뜨거워졌다. 미안해, 미안해, 엄마. 네가 왜 미안해. 어렵게 말을 꺼낸 딸의 마음이 짠해, 나는 더 말을 잇기 어려웠다. 그날 딸이 식탁 위에 올려두고 간 요양원 팸플릿을 뒤적이며, 이걸 가지고 집에 왔을 딸을 생각하며, 나는 잠이 들지 못했다.

입원 결정을 하고 수순을 밟자, 모든 건 순식간에 처리되었다. 진전을 늦출 이유 따윈 없었다. 오히려 코로나에 걸리면 들어갈 수 없으니 빨리 입원하는 게 나은 거라고 했다. 가지고 들어갈 물품 몇 가지만 간단히 챙기면 될 일이었다. 요양원에 가기 전, 우리는 집 근처 단골 갈빗집에 갔다. 생일이든 결혼기념일이든 대학에 붙었든 졸업이나 취직을 하였든 우리가 기념할 만하다 생각하는 날이면 어김없이 가던 돼지갈빗집이었다. 이미 2대째 사장으로 바뀌고도 한참이나 시간이 흘렀고, 우리는 꽤 의리 있게 이곳을 찾았다. 그러니 어쩌면 우리 셋이 하는 마지막 외식일지 모를 식사를 우리가 다른 곳에 가서 할 리는 없었다.

딸은 말없이 고기를 굽고, 나는 그것을 집어 잘게 잘라 남편 입에 넣어주고, 남편은 그것을 오물오물 씹었지만 그마저도 목에 걸려 컥컥 쏟아내는 기침을 해댔다. 공깃밥 절반을 흘렸고 턱받이에는 음식물 자국이 묻었으며 테이블에는 입가를 닦은 휴지가 산처럼 쌓이는, 그제나 어제와 별반 다르지 않은 식사였다. 여기요, 일하는 사람을 소리쳐 부르는 분주한 식당에서, 숯불이 드나들고 연기가 피어오르고 돼지고기 익는 냄새가 진동하는 갈빗집에서 우리는 오래도록 점심을 먹었다.

병원 현관 앞에서 요양원 관계자가 남편을 시설 휠체어로 옮겨 태웠다. 그가 남편이 탄 휠체어 브레이크를 풀고 뒤에 서자, 조바심이 일었다. 제대로 인사를 나누지 못한 채 헤어질 것만 같았다. 휠체어에 앉은 남편이 마스크를 살짝 내리고 나를 향해 입모양으로 말했다.

"나 괜찮아."

남편의 목소리는 마스크를 뚫고 나오지 못했다. 그럼에도 그가 얼마나 안간힘을 써 말하는 건지 내가 모를 리 없었다. 다, 당신이 혼자라 걱정이지. 기미가 벚꽃처럼 피어난 얼굴이었다. 그 모습에 나는 피식 웃고 말았다. 누가 누굴 걱정한단 말인가. 고개를 끄덕이며 나 역시 마스크를 살짝 내려 환히 웃으며 말했다.

"금방 올게, 잘 지내고 있어."

이번에는 남편이 고개를 끄덕였다. 가라고, 가라고 굳은 손을 올려 인사를 전했다. 나는 그나마 우리가 서로 마스크를 끼고 있는 게 얼마나 다행인가 생각했다. 눈물을 참느라 잔뜩 구겨진 얼굴로 헤어지고 싶진 않았다. 관계자가 가벼운 목례를 하곤 뒤돌아 휠체어를 밀었다. 자동문이 열렸고 남편이 탄 휠체어가 병원 안으로 들어서자 이내 문이 닫혔다. 유리문 밖에서 안을 기웃거렸다. 멀어져가는 남편의 뒷모습을 오래 바라보며 나는 부디 그가 외롭지 않았으면 좋겠다고 생각했다.

예전 딸아이가 유학하던 때, 한국에 나와 며칠을 보내고 다시 공부하러 떠나야 했던 날이 떠올랐다. 출국장에서 줄을 서 있던 모습을 몇 발자국 떨어져 바라보았었다. 몇 번이나 손을 흔들며 인사를 나눈 뒤였다. 줄이 천천히 줄어드는 동안에도 눈이 마주치면 딸은 얼른 가, 입으로 말했고 남편과 나는 알았어 너 들어가면 갈게, 걱정 마 우린 둘이야 하고 말했다. 여권을 보여주고 얼굴 확인을 한 딸이 막바지에 도달해 우리에게 손을 흔들고 작정한 듯 출국장으로 들어갔다. 헤어짐은 늘 그렇게 아쉽기만 했다. 손끝으로 눈물을 찍으며 아무렇지 않은 척해보지만, 허한 기분에 사로잡혔다. 일 년 있으면 또 볼 텐데, 뭘. 그렇게 말하면서도 남편은 무릎을 꿇고 앉아 불투명한 유리벽 사이사이 안이 들여다보이는 곳에 얼굴을 딱 붙이고 있었다. 안쪽으로 줄 서 있는 딸의 모습을 조금이라도 오래 들여다보려는 것이었다. 그런데 지금은 반대가 되었다. 딸아이가 주저앉아 제 아비를 향한 시선을 거두지 못했다. 내 곁에는 남편이 타고 온 휠체어가 주인을 잃은 채 남겨져 있었다.

코로나가 잦아들면 주말마다 소풍 오듯 남편을 보러 오면 될 일이었다. 휠체어를 접으며 하나도 슬픈 게 아니라고, 나는 내게 힘주어 말했다. 전문적인 곳에서 더 알맞은 진료를 받으며 생활할 터였다. 그동안 자기도 얼마나 힘들었겠어. 계속해 좋은 점을 여럿 떠올려보았다. 하지만 안 좋은 점 하나를 이기지 못했다. 그것은 우리가 늙어가고 아파지고 있다는 것. 그리하여 평생을 같이 살아온 부부가 이제 각자의 삶으로 돌아가 홀로서기 해야 한다는 사실이었다.

자네는 할 만큼 했어, 오빠의 말을 곱씹으며 택시를 타고 이제는 내가 혼자 살아가야 할 집으로

가고 있다. 나는 할 만큼 한 걸까. 내가 남편에게 할 만큼은 대체 얼마만큼이었던 걸까. 이 모든 걸 코로나 때문이라고 말해도 될까. 코로나 때문에, 하고 말하면 이해되지 않는 게, 용인되지 않는 게 없었다. 코로나 때문에, 하고 말하면 남들과 비슷한 수준의, 남들과 다르지 않은 정도의 삶을 살고 있는 것만 같았다. 코로나 때문에, 하고 말하면 다른 건 다 이유가 되지 않으니까, 다른 건 다 별거 아닌 게 되었으니까 그러므로 모든 건 다 견딜 만하고 감당할 만한 것들이 되었다.

코로나는 나에게 좋은 핑계가 되어주었다. 내 삶의 제약도 코로나 때문이면 좋겠다. 내 삶의 무게도 코로나 때문이면 참 좋겠다. 지나가리라는 희망을 우리가 서로 나눌 수 있었으면, 나아질 거라는 믿음을 각자라도 품을 수 있었으면 얼마나 좋았을까. 이것이 터무니없는 코로나 예찬일 리 없다. 코로나 때문이다. 아니다, 코로나 때문만은 아니다. 그러니 코로나 때문이라 해두자. 코로나가 계속될지라도 하찮은 봄은 올 것이었다.

눈물이 터져 나왔다. 안에서부터 차곡차곡 쌓아

둔 설움이 울컥 복받쳐 올랐다. 오만상을 쓰며 울음을 참아보지만 목에선 끝끝내 애달픈 소리가 났다. 손님 괜찮으세요? 룸미러로 뒤에 앉은 나를 살피던 택시 기사가 물었다. 괘, 괜찮아요, 코, 코로나 때문에. 말은 이어지지 않고 울음은 말을 뚝뚝 끊고. 혹시 코로나에 걸리신 거예요? 기사가 불안한 듯 언성을 높여 되묻는다. 아, 아니요. 아니요, 그건 아니고. 코로나 탓이라고요. 기사는 내가 코로나에 걸린 줄 알고 깜짝 놀라 하고, 나는 터져 나온 울음을 감당해내지 못하며 몸을 바르르 떨었다. 아니요, 코로나요. 코로나 때문에요. 이제 남편은 집에 없어요.

접촉면, 비접촉면

김은

2014년 『작가세계』 신인상으로 등단했다. 앤솔러지 『낯익은 괴물들』 『무민은 채식주의자』 『우리는 행복할 수 있을까』에 참여했다. 2021년 아르코문학창작기금을 수혜했다.

코로나19로 인해 우리에게는 거리두기의 기술이 필요해졌다. 아주 가까이 있지 않으면서도 아주 멀어지지 않은 감각의 기술. 실제적 접촉면을 줄이면서 감정의 접촉면을 늘려가는 감정의 기술. 어쨌든 우리는 어떤 방식으로든 접촉면을 잃어서는 안 되므로.

- 「반경 1미터의 삶」
- 「당신의 안부를 묻습니다」
- 「Ctrl-C Ctrl-V 여행」
- 「어느 편집자의 고백」

반경 1미터의 삶

#코로나키즈 #텔레파시인사법
#세걸음떨어져서안녕하기

 1미터의 거리감을 아이에게 어떻게 설명해줘야 할까. 0.001킬로미터, 100센티미터, 1000밀리미터 같은 수치 단위로 아이를 이해시킬 수는 없을 것 같았다. 누군가를 설득시키는 일은 항상 힘든 일이지만, 다섯 살 아이를 이해시키는 일은 더더욱 그랬다. 언어의 난이도도 감정의 난이도도 결정하기가 어려웠다.

 "양쪽으로 팔을 쫙 벌리고 서봐."

 마침 장난감에 싫증 난 아이는 무슨 재미난 놀이라도 하는 줄 알고 나를 향해 양팔을 벌리고 섰다. 양팔의 길이는 대략 눈짐작으로 살펴도 1미터에 조금 못 미치는 것 같았다. 하루가 다르게 부쩍

커간다고 생각했는데 아이의 몸은 여전히 작고 약했다. 코로나 때문에 햇볕을 덜 보고 자라서 성장이 느린 건가. 근거 없는 터무니없는 의심이라는 것을 알면서도 생각은 항상 그쪽으로 향했다. 유독 말이 늦게 트인 것도 사람들을 만날 때마다 마스크를 쓰고 있었기 때문이고, 부끄러움 많고 소극적인 성격도 코로나 때문에 집 안에서 혼자 보내는 시간이 많았기 때문이라고.

아무래도 이 방법으로는 무리일 것 같았다. 중국의 어느 초등학교에서 1미터 길이의 프로펠러 같은 날개가 달린 괴상한 모자를 쓰고 아이들이 등교해 화제가 됐다는 기사를 인터넷 뉴스에서 봤는데, 그 상황이 이해될 것도 같았다. 정말 1미터 길이의 막대라도 손에 들려서 입학식에 보내야 하나, 하는 생각마저 들었다.

내가 유독 1미터에 집착하는 이유는 유치원에서 보내온 입학 안내서에서 눈에 가장 많이 띄는 단어였기 때문이다. 코로나19 대유행으로 입학식에 참석한 학부모와 원생들은 1미터 간격으로 떨어져 앉아야 하고, 수업과 놀이 시간은 물론이고 점심과 간식을 먹을 때에도 1미터 간격을 꼭 유지해야 한다고 적혀 있었다. 머릿속에 1미터 간격으로 드문드문 놓여 있는 알록달록한 색깔의 공깃돌 같은 아이들의 모습이 떠올랐다.

물론 아이를 설득하기 어려운 것은 1미터의 간격만이 아니었다. 나는 유치원 입학 일에 맞춰 미리 준비해둔 물품들 중에서 양치컵과 칫솔을 따로 빼두었다. 아이는 평소 자신이 좋아하던 애니메이션 캐릭터가 그려진 양치컵과 칫솔을 유치원에 가져갈 수 없다고 하자 마치 제일 소중한 무언가를 빼앗기기라도 한 것처럼 떼를 썼다.

"당분간 유치원에서는 이를 닦으면 안 된대. 이를 닦다가 침이 튈 수도 있으니까."

"왜? 엄마가 이는 꼬박꼬박 닦아야 한다고 했잖아."

이는 안 닦을 테니 유치원에 가져가게 해달라고 고집을 부리는 아이에게 단호하게 안 된다고 말하고는, 두 손으로 아이를 붙잡고 똑바로 세웠다. 좁은 보폭으로 서 있는 아이에게 다리를 조금 더 벌리라고 주문했다. 장난기가 발동한 아이는 다리 사이의 간격을 아주 조금씩만 넓히며 엄마, 나 좀 봐, 엄마, 나 잘하지, 연신 묻더니 결국엔 균형을 잃고 뒤로 발라당 넘어졌다.

"엄마 말 잘 들어. 유치원에 가면 친구들과 항상 세 걸음 정도 떨어져 있어야 해. 알았지?"

"근데 왜?"

"그래야 새봄이도 친구들도 건강하게 지낼 수 있어."

나는 연습을 해보자며 아이에게 나한테서 세 걸음 떨어진 곳에 서보라고 했다. 아이의 보폭은 제각각이어서 어쩔 땐 1미터에 못 미치기도 하고, 어쩔 땐 1미터를 넘어가기도 했다. 그리고 무엇보다 아이에게는 1미터라는 간격을 버티고 있을 만한 인내심이 없었다. 금세 경계를 허물고 들어와 내 팔에 매달리기 일쑤였다.

하지만 아이를 이해시키는 방법은 인내심을 가지고 끊임없이 반복하는 것뿐. 아이와 계속 연습하며 1미터라는 거리가 물리적으로도, 심리적으로도 결코 가깝지 않다는 것을 깨달았다. 더구나 아직 작은 몸과 작은 세계를 가진 아이에게는 더 크게 느껴질 것이 당연했다. 나는 지난 시절 나의 반경 1미터의 공간을 채웠던 것들-이젠 기억나지 않을 만큼 사소할 테지만 그것들은 대개 친밀하고 다정하며 나에게 안정감을 주는 것들이 분명하다-과 앞으로 내 아이의 반경 1미터의 공간을 채워나갈 것들에 대해 생각했다.

나는 아이에게 한없이 가까워지는 방법보다 일정한 거리를 두는 방법부터 먼저 가르쳐줘야 한다는 사실이 안타까웠다. 그런 내 마음을 알 리 없는 아이는 나한테서 저만큼 달아나더니 이렇게 물었다.

"그럼 유치원에서 친구들 만나면 어떻게 인사해?"

"세 걸음 떨어져서 반갑게 손 흔들면 되지."

"피, 그게 뭐야."

"그 대신 엄마가 새봄이 좋아하는 아이스크림 줄게."

아이를 설득하려던 시도가 벽에 부딪혔을 때는 회유책을 쓸 수밖에 없다. 아이가 좋아하는 애니메이션 영화를 보여준다든가, 평소에는 잘 주지 않는 달콤한 간식으로 기분을 풀어준다든가. 그것이 결코 근본적인 해결책이 되지 않는다는 것을 잘 알면서도 당장의 곤란함에서 벗어나기 위해서는 어쩔 수가 없었다.

대신 나는 화장실 세면대에 올려져 있던 아이의 양치컵과 칫솔을 이젠 유치원에 가지고 갈 수 없게 된 캐릭터가 그려진 새것으로 바꾸어두었다. 잠자리에 들기 전 양치를 할 때 아이가 발견하고 조금이라도 기뻐하길 바라면서.

어쩌면 반경 1미터는 지금 아이가 만날 수 있는 세상의 전부일지도 모른다는 생각이 들었다. 유치원에 가서도 당분간 어쩔 수 없이 그 자리를 비워둘 수밖에 없겠지만, 멀리 떨어져 있어도 서로의 마음과 마음이 통하는 텔레파시처럼 따뜻한 마음들로 그 공간이 채워지길 바랐다. 마스크 밖으로 드러나 있는 아이들의 눈빛으로, 서로에게 가닿길 바라는 아이들의 간절한 목소리로.

당신의 안부를 묻습니다

#살짝설렜어난 #주인공은AI케어콜
#코로나생존신고법

　　하루 한 번 너에게서 걸려 오는 전화를 어쩌다 기다리게 되었는지 모르겠다. 처음엔 낯설게만 느껴졌던 너의 목소리가 하루 이틀이 지나자 차츰 익숙해졌고, 조금 더 시간이 지나자 너에 대해 궁금증이 들기 시작했다. 네가 나에 대해서 어디까지 알고 있는지, 너와 어떤 대화를 나눌 수 있는지.

　　너를 알게 된 건 내가 세 평 남짓한 이 원룸에 갇히게 되면서부터였다. 밀접접촉자로 분류된 자가격리 대상자. 얼굴도 모르는 확진자와 동선이 겹쳤다는 이유로 줄곧 혼자서 지내왔던 내 방에 자가격리된 경우라니. (몇 달 전 다니던 직장을 그만두고 동굴 같은 원룸에서 자발적인 동면기를 보내고 있었

으니 나의 자가격리는 밀접접촉 훨씬 그 이전부터
시작되었다고 할 수 있을 터였다.)

물론 장점도 있었다. 이미 원룸 안에 혼자서 생
활하는 데 필요한 모든 생필품이 완벽히 구비되어
있다는 것이었다. 언젠가는 이 방에 영영 갇히게 될
거라는 것을 예측이라도 한 듯이 싱크대에는 몇 달
은 충분히 버티고 남을 만큼의 인스턴트 음식과
생수가 가득했다. (나는 음식에 가해지는 열기는
전자레인지에서 삼 분이면 충분하다고 생각하는
사람이니까.) 심지어 오랜 시간 구축해온 데이터베
이스를 바탕으로 나의 입맛과 취향까지 완벽히 고
려한 구호물품이었다.

자가격리 이후 유일하게 달라진 것이 있다면 하
루 한 번 너에게서 전화가 걸려 오기 시작했다는
것이다. 처음 너의 목소리를 들었을 때 나는 너의 정
체를 조금도 짐작하지 못했다. 정확한 발음과 안정
된 톤으로 "안녕하세요" 하고 인사를 건넨 뒤, 내가
대답할 때까지 아무런 말이 없었으니까. "네, 그런
데 누구시죠?"라는 내 물음에 너는 다짜고짜 나의
안부부터 물어 왔다. "발열 증상은 있나요?" (이 부분에서 살짝 가슴이 설레었다는 것은 자존심상 밝히고 싶지 않다.) 나는 그제야 너의 존재를 조금씩 의심하기 시작했다. 너의 연이은 질문을 듣고는 더더욱.

"목 아픔 증상은 있나요?"

"기침 증상은 있나요?"

"기타 이상 증상은 없나요?"

네가 AI라는 것을 알았을 때 내가 처음 느낀 감정은 일종의 배신감이었다. (절대로 네가 사람이 아니라서 실망한 것은 아니다.) 당연히 보건소나 해당 주민센터 직원들의 케어를 받을 줄 알았는데, 그것마저 가장 간편하고 손쉬운 방법으로 떠넘겨버렸다는 생각이 들었다. 조금도 보호받지 못하고 있다는 느낌이 들었고, 얼마 동안은 버려졌다는 느낌마저 들었다. 그제야 정말로 내가 사회에서 격리되었다는 실감이 들었던 것이다.

그래서 나는 최대한 너에게 냉정하게 굴기로 결심했다. 그건 일종의 성의 없음에 대한 항의의 표현이기도 했다. 다음 날 똑같은 시간에 너에게서 전화가 걸려 왔을 때 나는 가능한 한 말을 아꼈다.

"네." "아니요." (물론 단답형으로 대답한 이유에는 그때까지도 내가 ARS와 AI의 차이점을 알지 못했기 때문이기도 했다.) 그래도 너는 조금도 실망하는 기색 없이 내일 같은 시간에 전화할 것을 약속했다.

이제 와서 솔직히 말하자면 너와 대화를 해야겠다고 결심한 것은 갑자기 내 몸에 알 수 없는 이상들이 생기기 시작했기 때문이다. 격리 4일째. 열이 계속해서 오르락내리락하고 멀미가 나는 것처럼 눈앞이 어지러웠다. 후각에도 이상이 생겼는지 어떤 냄새도 느끼지 못했고, 목구멍에서 이물감까지 느껴져서 음식을 삼키기도 힘들었다. 설마 죽기야 하겠어, 라는 생각은 어쩌면 정말 죽을지도 모른다는 공포감으로 다가왔다. 너에게 전화가 왔을 때 나의 몸 상태는 더 이상 "네" "아니요"로 간단히 대답할 수 없는 지경이었다.

분명 나는 코로나 확진자와 접촉했을 뿐 이미 음성 판정을 받은 후였다. 나는 일련의 증상들이 일시적으로 컨디션이 좋지 않기 때문인지, 잠복기에 있던 코로나가 이제야 발현된 것인지 알 수 없었다. 병원에도 갈 수 없었고, 혹시 모를 감염의 위험을 무릅쓰거나 감염법을 위반하는 불법을 자행하면서까지 누군가를 부를 수도 없는 노릇이었다. 게다가 자의적이든 타의적이든 나에게는 서로의 안부를 물을 수 있을 만큼 가깝게 지내는 사람이 주위에 남아 있지 않았다.

그 순간 내가 떠올린 건 너의 목소리였다. 나는 해열제 몇 알에 의지한 채 네게서 연락이 오기만을 손꼽아 기다렸다. "안녕하세요." 변함없는 너의 음성을 들었을 땐 울컥 뜨거운 울음이 솟구쳤다. 하지만 막상 나의 상태에 대해서 너에게 자세히 설명할 수는 없었다. 네가 어디까지 나의 말을 이해할 수 있는지, 그리고 네가 나에게 무엇을 해줄 수 있는지 전혀 아는 것이 없었기 때문이다. 내가 겨우 할 수 있었던 말은 "발열 증상이 있나요?"라는 너의 물음에 "어젯밤부터 열이 나는 것 같아요"라고 답하는 것뿐이었다.

물론 언제나처럼 너의 대답은 간단했다.

"아~ 발열 증상이 있으시다고요."

자가격리 7일째. 이제는 다행히 열도 내리고, 목의 통증도 사라졌지만 나는 여전히 너의 전화를 기다렸다. 너와의 대화만이 오늘 하루도 여전히 무사하다는 나의 유일한 생존 신고였으니까.

"어제 전화 드렸던 이후에 달라진 증상은 없는지 여쭤볼게요?"

오늘도 나의 안부를 물어 오는 너에게 엉뚱한 질문을 내뱉었다.

"내일도 무사할 수 있겠죠?"

이번에도 역시 너는 무미건조한 친절함이 담긴 목소리로 나를 안심시켜주었다.

"네, 당연하죠. 걱정하지 마세요."

Ctrl-C Ctrl-V 여행

#누워서세계속으로 #갓심비
#랜선추억팔이로돈벌기

Q 안녕하세요. 저는 〈굿트래블〉의 한수영 기자입니다. 오늘 인터뷰에 응해주셔서 감사합니다. 최근 새로운 여행 상품을 출시하셔서 화제가 되고 있는데, 이 상품을 기획하게 된 특별한 이유가 있으실까요?

A 네, 안녕하세요. 이렇게 만나뵙게 되어 반갑습니다. 사실 회사를 그만두고 특별히 할 일도 없어서 외장하드털이나 해보자는 생각으로 저장돼 있던 사진들을 편집해서 올린 건데 이렇게 화제가 될지는 몰랐어요.

원래 제 직업은 여행가이드였어요. 주로 일본 지

역을 담당했었죠. 다시 이야기를 꺼내려고 하니 조금 울컥하기도 한데, 코로나19가 유행하기 직전에 일본 상품 불매운동이 일었었잖아요. 유니클로 옷 입고 아사히 맥주 마시면 다짜고짜 매국노라고 비난하고, 무슨 죄지은 사람들처럼 일본으로 여행 다녀와서도 다들 쉬쉬하는 분위기였죠. 아마 연예인 몇몇이 일본으로 여행 갔던 사진을 아무 생각 없이 자신의 인스타그램에 올렸다가 엄청난 후폭풍을 겪어야 했잖아요.

그때도 정말 힘들었었죠. 어느 날 회식을 하는데 사장님이 제 앞에서 목 놓아 우시더라고요. 그래도 조금만 더 버티자고, 버텨보자고. 저도 조금만 지나면 상황이 좋아질 거라고 생각했거든요. 그래서 여행 스케줄이 없을 때는 편의점에서 아르바이트를 하면서 일본어도 더 열심히 공부하고, 관광객들이 좋아할 만한 여행 상품도 새로 기획하면서 이 기세가 한풀 꺾이기만을 기다렸죠.

아무튼 이 또한 지나가리라, 간신히 버티고 있었는데 일본불매운동의 불길이 채 사그라지기도 전에 코로나19가 터지고 만 거예요. 간혹 한두 건씩 들어오던 예약이 전혀 들어오지 않고, 이미 잡혀 있던 여행도 전부 취소가 되고 말았죠. 텅 비어 있는 스케줄표를 보는데 정말 머릿속이 새하얘지는 것 같았어요. 그땐 정말 딱 죽겠구나 싶더라고요. 이번만큼은 사장님도 더는 못 버티고 폐업 절차를 밟으시더라고요. 아예 외국에 나갈 수가 없는데 무슨 수로 여행사를 운영하겠어요. 그때 저도 어쩔 수 없이 실업자가 되고 말았죠. 그게 벌써 이 년이나 지난 얘기네요.

Q 아, 그런 어려운 사정이 있으셨군요. 그런데 어떤 기회로 합성 이미지로 여행 사진을 올리기 시작하셨나요?

A 일단 보유하고 있는 사진이 많았으니까요. 아무래도 여행가이드 일을 하다 보면 사진 찍을 일이 많잖아요. 주로 여행 오는 관광객들 위주로 사진을 찍긴 하지만, 인생사진을 찍을 수 있는 사진 스폿을 많이 알아두는 것도 가이드의 중요한 능력이라고 생각해요. 그래서 일본의 대도시와 소도시들을

다니면서 관광객들의 마음을 단번에 사로잡을 만한 풍경들을 사진으로 찍어두었죠. 나중에 외장하드를 정리하면서 알게 된 사실이지만, 그런 사진이 수천 장은 되더라고요. 그냥 컴퓨터에만 묵혀두기 아깝기도 하고, 여행사를 그만둔 후로는 딱히 할 일도 없어서 SNS에 업로드하기로 결심했죠.

아, 그런데 어쩌다 제 모습을 합성하게 되었냐고요? 사진들을 정리하면서 보니, 오 년 넘게 여행가이드로 일하면서 정작 제 모습이 찍힌 사진은 한 장도 없더라고요. 어쩐지 그런 제 자신이 조금 안쓰럽다는 생각이 들어서 심심풀이 삼아 일본 소도시의 한 골목을 배경으로 한 사진에 제 모습을 합성해 넣었죠. 일종의 랜선 추억팔이라고 할까요? 물론 그동안 관광객들 찍은 사진을 보정하면서 익힌 포토샵 실력도 한몫을 했죠. 그렇게 사진을 업로드했더니 팔로워 수가 갑자기 늘면서 댓글이 엄청 달리는 거예요. 코시국에 어떻게 해외여행을 갈 수 있었느냐고요.

Q 개인 SNS에 올린 사진이 화제를 일으키면서

김은

여행 상품까지 내놓게 되신 거군요. 그럼, 여행 상품을 신청할 때 특별히 준비해야 할 것이 있나요? 예를 들면 여권이나 비행기 티켓이나 여행 가방처럼요.

A 당연하죠. 모든 여행에는 준비가 필요하니까요. 역시 가장 큰 장점은 큰돈이 드는 해외여행과는 다르게 사진 보정비와 약간의 수수료 정도의 아주 저렴한 비용이 든다는 거죠. 절차도 무척 간단해요. 우선 원하는 장소와 배경을 고르면 돼요. 아, 물론 직접 여행지를 결정해도 되지만 홈페이지에 접속하면 여러 샘플이 제시되어 있으니 클릭 한 번으로 선택할 수 있어요. 그리고 배경에 합성될 인물 사진 한 장만 있으면 모든 준비는 끝이에요. '친구랑 떠나는 인생여행' '연인과의 첫 여행' '엄마와 떠나는 효도여행' '혼자 혼술여행' 등 콘셉트도 다양하게 준비되어 있으니 전혀 어렵지 않으실 거예요.

아, 코로나19가 끝나고 해외여행이 자유로워지면 여행 상품의 인기가 시들해질까 봐 걱정되지 않냐고요? 물론 그럴 수도 있겠지만 요즘 사람들이 정말로 원하는 건 '경험의 실제'가 아니라 '경험의 증거'라는 생각이 들어요. 요새 트렌드가 '가심비' 잖아요. 오만 원도 안 되는 금액에 세계여행을 할 수 있다면 망설일 필요가 전혀 없겠죠. 안 그래요?

혹시 기자님도 지금 당장 떠나고 싶은 나라가 있으세요? 아, 삿포로로 료칸여행을 가고 싶으시다고요. 한겨울에 눈 맞으며 즐기는 료칸여행이라……. 그럼 '혼자 혼술여행' 콘셉트를 추천드립니다. 물론, 특별히 기자님은 무료로 해드릴게요.

김
은

어느 편집자의 고백

#소설가S의사망 #복귀작이유고작이되다
#새로운감염경로

소설가 S의 사망 소식을 들었을 때 편집자 K는 이번에도 터무니없는 루머일 거라고 생각했다. 그도 그럴 것이 그의 사망 원인이 코로나로 인한 급성 폐렴이었기 때문이다. 편집자 K가 아는 한 그는 전 지구상에서 코로나와 가장 무관한 사람이었고, 이 무지막지한 바이러스로부터 가장 안전한 사람이었다. 왜냐하면 공기와 비말을 통해 전파되는 이 전염병의 유일한 예방법이 타인과의 철저한 접촉 차단이었기 때문이다. 출판사 사장에게 전해 듣기로 그는 십 년째 그 누구와도 만나지 않고, 간단한 외출조차 하지 않는다고 했다. 자신의 집에 스스로를 가둔 채 세상과 어떤 소통도 하지 않는다고.

편집자 K가 소설가 S를 알게 된 것은 출판사 사장으로부터 그를 담당하라는 업무 지시를 받았기 때문이다. 물론 그가 누구인지는 이미 잘 알고 있었다. 국내의 유명 문학상을 모두 휩쓸며 오랫동안 작가로서 유명세를 누리던 그가 갑자기 세상에서 사라지게 된 것은 한 평론가가 그의 작품에 표절 의혹을 제기했기 때문이다. 그의 대표작들이 국내에는 비교적 덜 알려진 어느 외국 작가의 작품과 소재와 구조적인 측면에서 무척 비슷하다는 것이었다. 몇몇 유사점에도 불구하고 표절은 아니라는 식의 모호한 결론이 내려졌지만 그는 충격에서 헤어 나오지 못하고 모든 활동을 접고 칩거에 들어갔다. 그와 유일하게 교류하는 사람은 그의 여동생과 작가로 활동하던 초창기 시절부터 친하게 지냈던 (편집자 K가 현재 근무하고 있는) 출판사 사장이었다. 물론 교류라는 것도 포스트잇으로 필요한 생필품이나 읽고 싶은 책 따위를 요청하는 것이 전부였다.

그런 소설가 S를 다시 복귀시키기 위해 출판사 사장은 오랜 시간 공을 들여왔다. 어쩌다 신문기사나 문학잡지에서 (다만 한두 줄이라도) 그의 작품을

김
은

인용하거나 그의 문학적 가치를 평가하는 글이 실리면 챙겨두었다가 그에게 전해주었으며, 십 년도 더 전에 맺은 출판 계약을 이제 그만 이행하는 게 좋을 거라고 포스트잇으로 협박 아닌 협박을 하기도 했다. 사장의 그 많은 노력 중 어떤 부분이 그의 마음을 움직였는지 모르겠지만, 어느 날 문 앞에 A4 용지에 인쇄된 원고 한 뭉치가 놓여 있었다. (물론 작품에 대한 어떤 부가설명도 없이.) 그런 이유로 편집자 K가 그의 복귀작의 담당 편집을 맡게 된 것이었다.

긴 침묵과도 같았던 십 년의 시간이 무색할 만큼, 소설가 S의 죽음은 온갖 소문들을 만들어냈다. 그가 사실은 그동안 사람들의 눈을 피해 바깥출입을 하고 있었다고 추측하는 사람들도 있었고, 그에게 오랫동안 남몰래 사랑을 지켜온 연인이 있었을 거라고 추측하는 사람들도 있었다. 생전에 그와 친했던 작가 하나는 이 몹쓸 바이러스가 벽 안에 갇힌 사람도 죽이는 무시무시한 것이라고 한탄스러워하기도 했다. 하지만 편집자 K는 어떤 의혹에도 무게를 실을 수가 없었다. 그건 그의 죽음의 직접적인 원인이 어쩌면 자신과 관련이 있을지도 모른다는 불안감 때문이었다.

편집자 K는 얼마 전 자신이 코로나 양성 판정을 받았던 사실을 떠올렸다. 물론 소설가 S와는 직접 만난 적이 한 번도 없었다. 몇 년 전부터는 아예 인터넷조차 끊어버린 터라 그와는 교정지를 주고받는 식으로 작업을 진행해야 했기 때문이다. 다만 의심이 가는 감염 경로가 있었다. 바로 교정지였다. 십 년 가까이 공들여 쓴 소설가 S의 원고 교정을 마친 다음 날, 편집자 K는 극심한 몸살에 시달렸다. 특별히 신경 써야 하는 원고로 인한 스트레스 때문일 거라고 생각했지만 검사 결과는 코로나 확진이었다. 자가격리에 들어가기 전, 편집자 K는 소설가 S의 집 앞에 자신의 온 열정을 쏟아부은 원고를 두고 왔다. 편집자로 일하면서 이렇게 최선을 다해 교정을 본 원고는 처음이라고 자부하면서.

결국 소설가 S의 복귀작은 마지막 유고작이 되어 세상에 나올 수밖에 없었다. 출판사 사장이 그의 집을 정리하면서 찾아온 그의 원고에는 중간중간 손가락 지문 같은 것이 찍혀 있었다. 습관적으로 손가락에 침을 묻혀 원고를 넘긴 자국 같았다. 그런데 손가락 자국의 크기가 달랐다. 하나는 크고 타원형이었고, 하나는 작고 동그랬다. 그리고 희미하게 찍혀 있는 손금의 모양도 달랐다. 편집자 K는 그중 작은 동그라미에 자신의 엄지를 대보았다. 지장을 찍듯이 모양이 딱 들어맞았다. 편집자 K는 그제야 확실한 감염 경로를 알 수 있었다.

마스크 쓴 얼굴들

장재희

극작을 전공했다. 영화와 여행을 좋
아한다. 소설을 쓴다.

예전에는 얼굴이 우리를 덮고 있었다. 그 위에 가면을 쓰고 축제를 벌이거나 영웅이 되거나 스스로를 감추려 하는 이야기들이 있었다. 이제 마스크는 모든 사람의 얼굴이 되었고, 나는 소외되고 잊히고 두려운, 가끔 미소 짓기도 하는 얼굴들에 관해 글을 써보고 싶었다.

- 「잊지 마세요」
- 「도시의 밤」
- 「프리미어 룸」
- 「심야배달」

잊지 마세요

#오늘의키스 #코로나시대의로맨스
#입술은안돼요

　오늘은 진 켈리와 레슬리 캐론의 센느 강변에서의 키스였다. 프랑스의 모든 영화관이 문을 닫았던 지난 삼월부터 파리 시네마테크 페이스북에는 영화 속 포옹과 키스 장면을 캡처한 사진이 연속해서 올라왔다. 〈길다〉, 〈선라이즈〉, 〈세브린느〉, 〈백설공주〉, 〈달콤한 인생〉, 〈미치광이 피에로〉, 〈클레르의 무릎〉, 〈일식〉, 〈멀홀랜드 드라이브〉, 〈부초〉, 〈스파이더맨〉, 〈파리의 아메리카인〉 등등. 사월에 이르기까지 한 달이 넘는 기간 동안 거의 매일 올라오고 있는 '#kiss'의 이미지들. 찰리 채플린의 무성영화부터 최신 할리우드 영화까지, 백설공주와 왕자님의 로맨틱한 키스부터 미야자키 하야오의 물고기 소녀

포뇨의 뽀뽀까지, 백인 여성끼리의 키스와 흑인 남성끼리의 키스, 흑백에서 컬러 영화로 바뀌던 시절의 총천연색 뮤지컬 영화의 설레는 댄스 키스까지.

핸드폰 화면 속 사진들을 훑는데, 맞은편에 앉아 노트북을 들여다보고 있던 은후가 말했다.

– 이것 봐. 연인과의 관계 시 비말이나 호흡을 통한 밀접접촉을 하지 않으면 코로나19에 감염되지 않는대. 다른 경로에서 코로나19 바이러스가 검출될 가능성은 거의 없다는데?

– 그래서?

– 키스는 건너뛰고, 얼굴을 맞대지 말고, 입과 코를 가리는 마스크를 착용하고 사랑을 나눠라!

나는 무언가 미심쩍은 투로 물었다.

– 누가 그래?

은후가 말했다.

– 캐나다 의료 책임자. 전문가 얘기야.

은후는 인터넷 창을 내리고 다시 작업 모드로 돌아갔다. 그리고 모니터에서 눈을 떼지 않은 채 빠르게 키보드를 눌렀다. 은후의 노트북 면과 나란한 책상 위로 봄 햇살이 가득 떨어지고 있었다.

은후의 방에서 내가 특별히 좋아하는 것이 있다면, 바로 이 커다란 책상이었다. 마주 앉아 있으면 그 거리가 가깝기도 했고 멀기도 했다. 창으로 햇살을 따라 바람이 들어왔다. 커튼이 살랑였다.

나는 핸드폰 화면 속 키스 사진들을 다시 보았다. 코로나 시대의 연인들에게 가장 위험한 행위는 키스란 말인가? 그러다 관능적인 분위기의 키스 사진에서 멈췄다. 긴 웨이브의 금발을 늘어뜨리고 맨 어깨의 검은 드레스를 입은 리타 헤이워드와 검고 짧은 머리에 검은 양복을 입은 한 남자가 밀착해 있다. 이것이 유혹하는 여인의 키스라면 로맨틱하고도 위험한 키스라고 할 수도 있겠지. 가까이 보니 입술이 거의 닿을락 말락 하다. 그들의 숨결이 느껴진다. 나는 다시 물었다.

– 그게 가능해?

– 뭐가?

– 마스크를 쓰고.

– 뭐, 불가능할 것도 없지.

– 그래, 못 할 거야 없지.

은후의 키보드가 타닥타닥 소리를 냈다. 규칙

적인 소음을 들으며, 바이러스가 연이어 출현하고 증식한 뒤의 세상을 상상해본다. 마스크를 쓰고 애무하는 연인들. 무언가 이상할 것 같지만 그렇게 해야만 하는 순간이 오지 말라는 법도 없겠다. 접촉에 대한 불안감은 타인을 다시 정의하게 할지도 모른다. 누군가에게 관심을 갖기 위해서는 그의 상태를 먼저 검증해야 하며, 그러기 위해서는 연인들의 만남도 QR코드를 거쳐야 하는 당국의 관리하에 놓이게 되는 미래가 오지는 않을까. 그런 세상에서 인간의 감정은 의심받고 행위는 보류되거나 지연될 것이다.

다시 들여다본 페이스북의 오늘의 키스 사진에는 '좋아요' 수가 늘어났다. '좋아요'를 누른 전 세계 사람들은 무엇이 좋았던 걸까. 기사에 따르면 프랑스 방역 당국은 모든 필수적이지 않은 것을 금지하는 명령을 내렸다. 이를테면 식료품점은 열고, 미술관이나 영화관은 문을 닫았다. 키스도 필수적인 것이 아니었다. 여기에 파리 시네마테크는 페이스북을 통해 키스가 필수적이고 본질적이라는 걸 잊지 말아 달라는 메시지를 남겼다. 그리고 이미

지는 언제고 알려준다. 그것-만남, 접촉, 키스-은 가능하다는 것, 그 순간을 다시 회복할 수 있다는 것. 생각해보면, 영화는 늘 그랬다. 언제고 그 시절로 돌아가 우리 앞에 펼쳐지지 않았던가. 나는 중얼거렸다.

　- 잊지 마세요. 우리는 그리워할 테니까…….

　은후가 고개 들며 뭐라고 했어? 하고 물었다. 바람에 커튼 자락이 펄럭였다. 나는 키스 장면 하나를 떠올리고 있었다. 명암이 분명한 흑백화면 속 젊은 남녀의 키스다. 마스무라 야스조의 1950년대 일본 영화 〈입맞춤〉은 단순한 아름다움으로 가득한 영화였다. 남녀 주인공은 각자 부모님의 면회를 온 교도소에서 만난다. 영화는 가진 것 없는 젊은 남녀가 만나 가까워지는 과정을 담고 있다. 가난한데 당장 돈이 필요한 인물이면 당연히 그러하듯, 곤경에 처하고 위기를 겪지만 결국 서로를 놓지 않는다. 그리고 찾아온 입맞춤의 순간. 모든 연인 관계는 입맞춤으로 향한다고 말하듯이. 그 영화에서 키스는 필수적인 것이자 거의 모든 것이었다. 기억에 선명한 이미지 덕분에 나는 그 키스의 순간을 잊지 않고 있다.

은후가 모니터에서 눈을 떼고 기지개를 켰다. 뭐라고 했냐니까, 하고 장난스럽게 말하며 나를 바라본다. 나는 물었다.

- 기억나?

- 기억나.

- 뭐가 기억나는데?

- 뭐든.

- 입맞춤도?

- 입맞춤도.

- 나도.

- 나도.

은후가 책상 위에 몸을 기울이며, 이어 말했다.

- 잊지 않고 있어.

은후가 내 몸을 끌어당겼고, 우리는 동시에 입술을 맞대었다.

도시의 밤

#풋풋한데이트 #야경의다른말은야근
#로즈웰웬디스버거를향하여

안녕하세요. 웬디스 버거입니다. 아르바이트 청
년이 큰 소리로 인사한다. 스무 살쯤 되어 보이는
커플이 키오스크 앞으로 간다. 버거 세트 하나와
프렌치프라이 하나를 주문하고 자리에 앉는다. 소
년과 소녀는 마스크를 쓴 얼굴로 마주 보고 있다.
소녀가 시선을 돌려 가게를 훑어보다가 말한다. 그
여자 이제 안 보이지? 소년이 따라 둘러본다. 여인
의 짐 가방이 놓여있던 자리는 비어 있다. 누더기를
입고 큰 짐 가방을 들고 다니던 여인은 이 햄버거
가게 구석에서 살다시피 했었다. 이곳 화장실에서
씻고, 손님이 남긴 음식을 찾아 먹으며 사는 것처
럼 보였다. 잠자는 곳은 어딘지, 점원이 왜 내쫓지

않는지 궁금한 적이 있었는데, 오랜만에 오니 보이지 않았다. 하긴, 코로나 이후였으니 그럴 만도 하다. 여인에겐 핸드폰이 없을 테고, QR코드도 없겠지.

프렌치프라이를 몇 개 집어먹은 소녀는 이미 마스크를 쓰고 있다. 햄버거를 배달하기 위해 배달원들이 끊임없이 오고 있다. 소녀는 시간을 확인한다. 오 분 남았어. 매장은 아홉 시면 문을 닫는다. 소년은 남은 음식을 빠르게 먹어 치운다. 소년은 오늘도 청계천 길을 따라 걸으리라 생각한다. 요즘은 밤에 만나면 늘 그렇게 청계천 길을 걸어 소녀를 집에 바래다주었다. 코로나 방역지침에 따라 가게들이 일찍 문을 닫아서 걷지 않고는 소녀와 시간을 보낼 수가 없었다. 그래도 마스크를 쓰고 걷는 동안은 고민을 잠시 잊을 수 있었다. 소녀가 아직 자신을 좋아하는지 의심하지 않아도 되었고, 소녀가 다른 사람을 좋아한다는 소문도 흘려버릴 수 있었다. 소녀는 걷는 것을 좋아했기에, 함께 걷는 동안은 헤어지지 않을 거라는 확신마저 생겼다. 마스크 속의 얼굴이 어떤 표정을 짓고 있을지는 생각하지 않기로 했다.

소년과 소녀는 청계천이 보이는 도로변을 걷는다. 얼마간 걸었을 때 길 반대편에 누더기 여인이 보인다. 소년이 말한다. 그런데 저 사람 엄청 엘리트였대. 검은 양복 입은 남자들이 데리러 몇 번 왔는데, 안 간다더라고. 경비 아저씨가 말해줬어. 저렇게 살면서 구걸도 안 한다잖아. 소녀가 말한다. 그래? 저기 지금 돈 달라고 하는 거 아니야? 여인은 지나가는 사람에게 말을 붙이고 있다. 행인은 고개를 저으며 지나간다. 소녀는 이전에 여인이 자신에게 1,000원만 달라고 했다는 말은 소년에게 하지 않는다. 소년과 소녀 옆으로 배달 오토바이가 빠르게 지나간다. 오토바이가 직선과 곡선을 그리며 도시의 밤거리를 달린다. 오토바이 소리를 따라 멀리 시선을 두던 소녀가 높은 건물을 올려다본다. 소녀가 말한다. 저기 불빛 좀 봐. 아직도 일하는 사람이 있을까. 소년이 글쎄, 하자 소녀가 좀 멋있지 않아? 하고 말을 잇는다. 나도 졸업하면 저런 크고 높은 건물에서 일하고 싶어. 그러곤 중얼거리듯 숫자를 센다. 하나, 둘, 셋, 넷…… 구층이네. 소년도 바라본다. 알 수 없는 먼 나라의 불빛 같다.

빌딩 구층의 여자는 오토바이 소리를 따라 창가로 시선을 돌린다. 잠시 쉴까, 하고 일어나 창가로 간다. 배달 오토바이 몇 대가 달리고 있다. 누더기 여인도 같은 자리를 서성이고 있다. 벌써 며칠째 저 자리다. 햄버거 가게에서 살다시피 하던 여인은 코로나 이후로 거리에 나와 서성댔다. 여자는 빈 사무실을 돌아본다. 얼마 만의 야근인지 모른다. 굳이 야근까지 할 필요는 없었지만, 여자는 사무실에 남아 업무를 마무리 짓고 있었다. 몇몇 직원이 회사를 그만두었고, 재택근무가 시행 중이었고, 여자도 머지않아 어떤 결단을 내려야 할 수도 있었다.

여자가 이렇게 늦도록 회사에 있는 건 오랜만이었다. 코로나 이전에는 그렇지 않았다. 야근이 잦았고, 회식도 종종 했다. 특히나 팀원들과 모이면 2차, 3차가 이어졌고, 마지막까지 남은 인원은 회사로 돌아오기도 했다. 편의점에서 사온 모닝 맥주를 마시고, 출근까지 그 자리에서 버티고, 상사에게 아무렇지도 않게 인사를 하는 자가 그날의 승자였다. 여자는 모닝 맥주는 도저히 마실 수 없었던 탓에 승자가 된 적은 없지만, 그 시간을 좋아했다. 동료가

장
재
희

알람을 맞춰놓고 책상에 엎드려 자고 있을 때면, 여자는 동료에게 겉옷을 덮어주고 창가의 책상에 걸터앉아 있곤 했다. 그러면 빌딩숲 사이로 해가 떠올랐다. 너무 밝지 않은, 하지만 분명히 떠오르고 있는 도시의 시간. 여자는 흐리게 빛나는 도시를 바라보았다. 흐린데 빛날 수 있다는 걸 여자는 그때 알았다. 회사 생활이라는 건, 마치 이 순간을 위해 있는 것 같았다. 한바탕 야근 뒤의, 혹은 회식 뒤의 소란함이 지나고 난 뒤의 고요한 아침이 여자는 좋았다. 짧은 단잠을 자고 깨어난 동료나 후배가 밀려드는 햇빛에 눈을 비비면 커피 마실래, 하고 묻곤 커피를 가져다주는 시간이 좋았다. 그때만큼은 자신이 세상에서 가장 자상한 사람이 된 것만 같았다.

여자는 누더기 여인에게서 눈을 떼고 시간을 확인한다. 아직 열 시가 되지 않은 시각. 거리는 어둡고 조용하다. 여자는 창문을 연다. 겨울밤의 찬 공기와 함께 외침이 훅 들려온다. 야, 이 개새끼야! 여자는 소리 나는 쪽을 본다. 어린 남녀가 마주 서 있었다. 소녀가 소리를 지르곤 뛰기 시작했다. 소년도 따라 뛰었다. 여자는 그 움직임을 눈으로 좇는다. 순간 여자는 소스라치게 놀란다. 배달 오토바이가 끽, 소리와 함께 소년과 소녀 앞에서 멈췄다. 눈앞에 선 오토바이를 보고 소녀는 울기 시작했다. 소년이 소녀를 안아주었다. 배달원은 어쩔 줄을 모른 채 멈춰 있었다. 소년이 배달원을 보고 고개를 숙이자 그제야 배달원도 고개를 숙이곤 다시 오토바이의 시동을 걸었다. 그 옆을 지나가던 청년이 떨어져 있던 소녀의 지갑을 주워 들었다. 소년이 소녀를 안은 채 한 손으로 지갑을 받았다.

청년은 서로를 감싸 안은 채 걸어가는 어린 커플의 뒷모습을 바라본다. 두 사람을 알 것 같다. 웬디스 버거에 왔던 손님이다. 오늘 영업이 끝날 때쯤 매장을 나갔던 걸 기억하고 있다. 이제 아르바이트를 시작한 지 일주일째였다. 햄버거 가게에서 아르바이트를 한다고 하자 친구들은 의외라는 반응을 보였다. 스포츠 매장을 알아보다가 갑자기 햄버거 가게라니. 청년은 그냥 햄버거 가게가 아니라, 웬디스 버거라고 알려주었다. 우리나라에도 예전에 매장이 있었는데, 없어진 지 오래라는 정보와 함께. 당연히 미국 체인인 그 웬디스 버거는 아니었다. 개인이 운영하는 수제버거 매장이었지만, 아무래도 좋았다. 청년이 웬디스 버거에서 일하기까지는 조금 운명 같은 면이 있었다.

청년은 미국 유학을 꿈꿨다. 그 시작은 이랬다. TV에서 〈그것이 알고 싶다〉를 보고 있었다. 제작진은 미국의 시골 마을에서 벌어진 범죄의 단서를 추적하느라 자동차로 도로를 달리는 중이었다. 그곳이 어딘지는 몰랐지만 넓은 대지를 달리는 동안 드문드문 집이 있었고, 상가가 있었고, 나무가 있었다. 날씨 때문인지 풍경이 흐릿해 보였지만 수채화 같은 느낌이 들어 오히려 눈을 떼지 못했다. 물을 많이 푼 물감으로 끊임없이 그려내는 것처럼 그 길은 끝이 없을 것 같았다. 그 광경을 보던 청년은 미국은 정말 넓구나, 하고 생각했다. 차가 도로를 달리는 이유는 잊은 채, 그저 넋을 놓고 풍경을 바라보았다.

청년은 친구에게 그 감상을 전했다. 유럽 배낭여행을 함께 가기로 준비하고 휴학까지 했는데,

코로나로 여행 계획이 취소되었던 전력이 있었다. 그러니 다시 여행 계획을 세울 때는 유럽이 아닌 미국이 좋겠다고 말할 참이었다. 친구는 단번에 로즈웰 같은 데인가? 하고 말했다. 그러니까, 로즈웰은 친구가 아는 미국의 유일한 소도시 지명이었다. 미국 뉴멕시코주의 시골 마을인 로즈웰. 로즈웰 사건으로 알려진 바로 그곳이었다. 1947년 미확인비행물체(UFO)가 추락했으며, 미국 정부가 외계인의 시신을 수습해 비밀에 부쳤다는 바로 그 사건 말이다.

로즈웰을 구글 지도로 살펴보던 청년은 어쩐지 과거에 가보기라도 했던 것처럼 아득한 향수를 느꼈다. 그러다 웬디스 버거를 발견했다. 다운타운조차도 고요한 시골 마을의 햄버거 가게가 한없이 평화로워 보였다. 청년은 그곳으로 어학연수를 가겠다고 마음먹었다. 아르바이트를 해서 돈을 모아 준비할 생각이었다. 그때 서울의 웬디스 버거에서 올린 구인광고를 보았다. 청년은 코로나19가 물러날 때까지 여기서 일할 생각이었다. 훗날 로즈웰의 웬디스 버거에 아르바이트로 지원한다면, 한국의 웬디스 버거에서 일한 경력이 도움이 되겠지. 적어도 방해는 안 되겠지.

천천히 걷던 청년은 청계천을 따라 늘어선 빌딩들을 올려다본다. 빌딩 창가에 서 있는 사람을 보면서, 지금 저 사람은 어디를 보고 있을까 생각한다. 저런 높은 건물에 넥타이를 매고 출근하는 자신을 상상해본 적도 있었다. 하지만 지금은 그런 모습을 상상할 수 없었다. 높은 곳보다는 넓은 곳에 있고 싶었다. 학교를 휴학하고, 여행이 취소되면서 어딘가 갇힌 기분이 들었다. 다른 먼 곳으로 가고 싶다는 생각을 멈출 수 없었다. 그러나 당장은 집으로 가는 걸음을 재촉한다.

빌딩 구층의 여자는 잠시 빠르게 뛰었던 가슴을 어루만지며 창에서 물러난다. 다시 책상 앞에 앉는다. 심장 박동이 잦아들자 시계 소리가 들려온다. 어디서부터 들려오는지 모를 초침 소리가 규칙적으로 들린다. 눈앞에 펼쳐져 있는 서류들을 바라본다. 어쩐지 낯선 형태로 놓여 있는 그 종잇장들을 다시 들여다볼 마음이 들지 않는다. 여자는 책상을 대충 정리한 뒤 가방을 들고 일어난다. 사무실을 나서려다 발길을 돌려 창가로 간다. 소년과 소녀는 사라지고 없었다. 누더기 여인도 보이지 않았다. 여자는 어두운 도심을 바라본다. 밤이 까맣게 깊어가고 있다. 여자는 다시는 도시의 밤을 지새우지 못할 거라고 느낀다. 깨어나는 도시의 흐린 풍경을 다시는 보지 못할 거라고. 다만 먼 과거의 향수처럼 떠오를 뿐이었다.

프리미어 룸

#안심숙소 #어쩌면호캉스
#잔고는바닥

수업이 끝나고 보면 되겠다고 하자, 연출이 그럼 G호텔에서 만나자고 했다. 거기 뷔페 맛있어, 하고. 진은 그냥 커피나 한잔하죠, 했다. 그리하여 연출과 진은 G호텔 커피숍에 커피잔을 두고 마주 앉아 있었다. 분기별로 장기 공연을 했던 소극장 연극이 중단된 뒤였다. 세상이 예전과 같았다면, 오늘쯤은 여럿이 술잔을 두고 둘러앉아 있었을 것이다. 단원들이 코로나로 격리 중이거나, 연락 두절 중이거나, 서빙 아르바이트를 하느라 바쁘다며 모임을 거절하지 않았을 것이다.

연출은 커피를 마시면서도 연신 담배 한 개비를 만지작거리고 있었다. 그의 술버릇 중 하나였다.

술 생각이 나나 보다. 연출이 말했다. 봄 지나면 다시 해보자. 그거 하나 보고 지낸다. 요즘 내가. 진은 그의 말이 진심인 걸 알았다. 본인의 창작극이 영화 원작으로 팔렸을 때도 원작료 전액을 극단에 내놓은 그였다. 그 후 영화화 소식은 전무했지만. 부모에게 빌딩을 물려받은 그에게 극단의 수입이 중요하지 않은 것도 알고 있었다. 하지만 그라고 좋기만 할 리는 없었다. 빌딩의 반 이상이 공실이 된 지 오래라고 했다.

연출이 물었다. 술 안 할 거지? 진은 다음에 자리 만들어요, 하고 말했다. 그가 또 물었다. 요즘 학원도 힘들지? 진은 곧 괜찮아지겠죠, 하고 말했다. 연기학원의 수업이 얼마 전 재개되었지만, 겨우 배정받은 과목도 언제 다시 폐강될지 몰랐다. 30명 남짓하던 학생은 코로나 이후로 계속 줄어들어 1명이 되며 정점을 찍었고, 이제야 다시 늘어나 5명이 되었다. 진의 생계를 책임지는 숫자. '5'는 불안한 숫자였다. 숫자가 '3' 이하로 내려가면 수업은 다시 폐강될 것이다. 그가 어디로 갈 거니? 하고 물었다. 진은 먼저 일어나라고, 커피를 마저 마시고 가겠다고 했다. 그는 일어나 진의 등을 두 번 두드리곤 커피숍을 나갔다.

진은 로비를 거쳐 회전문으로 연출의 뒷모습이 사라지는 것을, 회전문이 돌아가며 로비로 사람들이 들어오는 것을, 로비를 오가는 또 다른 사람들을 멍하니 바라보았다. 그러다 로비에 앉아 있는 한 노인을 보았다. 곧은 자세로 앉아 있는 노인은 그 형체가 아름다웠다. 먼저 풍성한 백발이 눈에 띄었다. 부드러운 곡선으로 내려와 최선의 위치에서 잘린 듯 자연스러운 쇼트커트가 매혹적이었다. 연보라색 통바지와 검은색 바탕에 흰 꽃무늬가 있는 재킷 차림은 또 어떤가. 백발이 아니었다면 나이를 가늠하기 힘들었을 것 같았다. 그때 핸드폰 문자 알림이 울렸다.

메리 크리스마스!

방금 헤어진 연출이 보낸 단체 문자였다. 아직 이틀이나 남은 크리스마스였다. 크리스마스인들 즐겁지 않았고, 허전한 기분이 들었다. 진은 빈 커피잔을 내려놓았다. 잔 안쪽으로 커피를 마신 시차에 따라 검은 원이 층층이 그려져 있었다. 테이블

위에 배치된 안내판에는 진행하는 프로모션이 적혀 있었다. '팬데믹 극복 프로모션: 그러나 찬란한 겨울!' 진은 창밖의 대형 트리를 보며 생각했다. 여기는 그래도 크리스마스구나. 12월 23일. 거리는 크리스마스를 앞두고도 차분한 분위기였다. 흔한 캐럴도 들려오지 않았고, 화려한 조명의 트리도 보이지 않았다. 이제 어디로 가나. 진은 커피숍을 나가 무엇을 할지 생각했다. 다시 문자 알림이 울렸다. 확인하자 은행에서 온 입금 안내 메시지였다. 정확히 70만 원이 찍혀 있었다.

프런트 앞으로 가자 직원이 진에게 눈을 맞추며 인사했다. 머리에 쓰고 있는 산타 모자가 너무 잘 어울려 진의 입가에도 미소가 번졌다. 진은 생각했다. 70만 원으로 할 수 있는 일 중 하나를 선택하면 된다고, 70만 원으로 들어갈 수 있는 가장 좋은 방이면 된다고. 한 달 보름 전 선배의 소개로 샴푸 광고의 헤어 모델을 하고 받기로 한 돈이었다. 하루 촬영에 70만 원을 모델료로 준다고 했고, 촬영을 앞두고 고급 영양 파마도 지원해주었다. 긴 생머리를 잘 유지해온 수고에 대한 보수로 나쁘지 않다고 여겼다. 하지만 돈은 약속한 날짜에 입금되지 않았다. 진은 통장 잔고가 바닥을 보이고야 광고사 측에 전화를 걸어 물었고, 담당자 실수로 누락되었다며 금주 내 입금해주겠다는 답변을 들었다. 바로 어제의 일이었다.

진은 직원에게 물어 프리미어 룸을 택했다. 직원은 오늘 마지막 남은 프리미어 룸입니다, 하고 말했다. 프로모션 상품이라는 것을 강조하며 추가금 없는 고층 객실 배정과 커피숍 음료권 증정 등의 혜택을 설명해주었다. 마스크 때문에 잘 들리지 않아 되물어보면 친절히 반복해서 말해주었다. 해당 프로모션과는 별개로 프리미어 룸에는 크리스마스 당일까지 와인과 비스킷이 제공된다고도 했다. 말하는 동안 눈이 줄곧 반달 모양이었다. 오늘의 마지막 프리미어 룸을 차지한 행운에 대해 진심으로 기뻐해주는 것 같았다. 직원의 태도에 진도 기분이 좋았다. 직원은 역할에 충실한 배우를 떠오르게 했다. 그렇게 호응해주도록 교육을 받은 것인지, 스스럼없이 우러나오는 태도인지 궁금해졌다. 진은 다음 주 연기 수업의 즉흥극은 이렇게 해보기로 했다. 2인 1조. 장소는 호텔 프런트. 이벤트에 당첨된 고객과 이를 응대하는 호텔리어를 연기합니다. 먼저 시작하는 사람이 역할을 정합니다. 스타트.

그런데 결제를 하기 직전, 직원이 난처해하면서 말했다. 방금 프리미어 룸이 마감되었습니다. 정말 죄송합니다. 그리고 다시 디럭스 룸을 추천했다. 이번에는 설명이 길지 않았다. 가격은 더 저렴했지만 프로모션 상품이 아니었고, 마지막 남은 객실도 아니었다. 진은 난감했다. 오랫동안 꿈꿔왔던 절실한 일도 아니건만 왜인지 실망감을 감출 수 없었다. 그런데 옆 데스크의 직원이 다가와 다시 결제가 가능하다고 알려주었다. 돌아보니 한 노인이 취소 뒤 다시금 체크인을 하는 것 같았다. 백발의 쇼트커트를 한 그녀였다.

노인은 여전히 진의 시선을 가져갔다. 쇼트커트 한쪽에 꽂은 작은 큐빅이 박힌 실핀으로, 재킷 주머니에 달린 브로치로, 조금은 낡아 보이는 검은 운동화로. 그녀가 착용한 것들은 오래된 물건인 듯 보였지만 유행과는 상관없는 멋이 있었다. 노인과 눈이 마주친 진은 어색한 미소를 지었다. 노인이 진의 입장을 배려한 것인지 진과는 상관없이 변심한 것인지는 알 길이 없었다. 어쨌든 얼핏 본 노인의 표정은 부드러웠다. 마스크를 썼어도 느껴졌다. 직원이 노인을 보고 있던 진을 불렀다. 그리고 운이 좋았다고 말하며 전자키를 건네주었다. 3317호. 마음에 드는 숫자였다.

진은 엘리베이터로 향하며 노인이 있던 쪽을 돌아보았다. 노인은 이미 보이지 않았다. 좀 더 걸음을 옮겼을 때, 커피숍에 앉아 있는 노인을 찾아낼 수 있었다. 노인은 여전히 혼자였다. 12월 23일 밤, 혼자 호텔 커피숍에 앉아 있는 노인에게 자꾸 시선이 갔다. 그런데 잠시 뒤 양복을 잘 차려입은 남자가 노인 옆으로 다가가 말을 주고받았다. 마스크에 가려져 남자의 연령이나 생김을 파악할 순 없었다. 아들일까? 아니면 노인의 일을 돕는 비서일까? 어쩌면 호텔의 직원일 뿐인지도 몰랐다. 진은 곧 쓸데없는 관심이라고 생각하며 엘리베이터를 향해 걸음을 옮겼다.

3317호. 문을 열자 긴 복도가 있었다. 복도 한 면은 욕실의 미닫이문으로 되어 있었다. 미닫이문을 드르륵 열며 복도 끝을 향해 걸었다. 대리석으로 마감된 욕실이 화사했다. 서서히 드러난 통창 너머로 서울 도심이 한눈에 들어왔다. 진은 창 앞에 섰다. 크고 작은 건물들의 창과 간판이 제각각 빛났다. 그 한가운데 남산타워가 고요히 서 있었다. 잠시 바라보던 진은 창가에서 물러났다. 침대 옆에 놓인 소파에 가방을 내려놓았다. 소파 앞 테이블에는 직원의 설명대로 레드 와인과 비스킷이 놓여 있었다. 먹을 걸 더 사 왔어야 했다는 생각이 그제야 들었다. 시간을 확인했다. 8시 20분. 문자 알림이 또 울렸다.

메리 크리스마스!

이번에도 연출이 보낸 단체 문자였다. 배우들에게 연거푸 단체 문자를 보내는 건 연출의 술버릇 중 하나였다. 아무래도 어디선가 혼자 술을 마시고 있는 것 같았다. 진은 메리 크리스마스, 하고 소리 내어 말했다. 리모컨을 눌러 TV를 켰다. 채널을 돌려 음악방송에 고정했다. 눈처럼 하얀 드레스를 입은 가수가 노래를 불렀다. 익숙한 캐럴이 이어졌다. 진은 욕실로 가서 욕조의 물을 틀었다. 그리고 거울 앞에 섰다. 둥글게 말아 올려 집게로 고정했던 머리를 풀자 검고 긴 머리카락이 허리 위쪽까지 부드럽게 내려왔다. 머리카락은 금방 손질한 것처럼 찰랑였고 윤이 났다. 물을 받는 동안 소파로 돌아와 와인병을 땄다. 와인을 잔에 채우고 비스킷도 접시에 담았다. 남산타워가 어둠 속에서 빛나고 있었다. 야경을 바라보며 천천히 와인을 마셨다. 다시 잔을 채워 그대로 들고 욕실로 갔다. 물이 반쯤 차올라 있었다. 욕조 윗면에 와인잔을 내려놓고 세면대 위에 있던 입욕제를 들었다. 그 옆에 둔 카드에는 십이월 한 달 동안 스페셜 제품으로 준비된다는 안내가 쓰여 있었다. 상쾌한 시트러스와 파우더리한 플로럴이 완벽한 조화를 이룬 이국적인 향, 이라고도. 하지만 자주색 입자가 들어 있는 플라스틱 뚜껑을 연 순간, 진은 퍼져 나오는 냄새에 미간을 찌푸렸다. 인공적인 사탕 향. 진은 달큰한 사탕 향이 나는 자주색 물속으로 들어갈 마음은 없었다. 입욕제를 세면대 위에 도로 내려놓았다. 욕조의 수도를 잠그려 팔을 뻗다가 와인 잔을 건드렸다.

잔이 욕조로 떨어졌고, 붉은 와인이 물속으로 퍼졌다. 진은 잔이 욕조 바닥으로 가라앉는 것을 보다가 건져 올렸다. 와인 잔을 욕실에 둔 채로 나와 침대에 누웠다. 천장을 마주 보며 천천히 숨을 쉬었다. 들이마시고, 내쉬고, 들이마시고, 내쉬었다. 밤이 길 것 같았다. 눈을 감았다. 자신에게 프리미어 룸을 양보해주었던 노인의 모습이 보였다. 백발이 아름다운 노인. 쇼트커트가 어울리는 노인. 여전히 부드러운 얼굴로 떠오르는 노인. 노인은 어디서부터 출발해서 이 호텔까지 온 것일까. 외국에서 온지 얼마 안 돼서 이 나라가 아직 낯선 것은 아닐까. 젊은 남자는 노인이 하룻밤을 함께 보내기 위해 고용한 사람은 아닐까. 아니면, 노인의 젊은 애인일지도 모르지. 진은 이야기 하나가 떠올랐다. 누군가에게 들은 이야기였나, 어딘가에서 읽은 이야기였나, 꿈속에서 만난 이야기였나. 한 남자가 호텔의 스위트 룸에 묵는 노인에게 일부러 접근한다. 남자는 그녀를 유혹해 돈을 뜯어내려 한다. 하지만 남자는 모르고 있다. 노인이 자신이 가지고 있는 전 재산을 털어 호텔의 스위트 룸을 예약했다는 것을,

꿈같은 하룻밤을 만끽하고 자살할 계획인 것을.

　진은 눈을 떴다. 갑자기 슬펐고, 가슴 한쪽이 조여 오는 느낌이었다. 일어나 방을 나갔다. 급하게 엘리베이터를 타고 일층으로 내려갔다. 로비를 지나 커피숍으로 갔다. 노인을 찾아 성큼성큼 나아갔다. 왜인지는 몰랐다. 일단 노인을 만나야 할 것 같았다. 그리고 드디어 노인을 본 순간, 안도의 숨을 내쉬었다. 노인은 불쑥 다가온 진을 굳은 표정으로 보고 있었다. 진은 그제야 정신을 차린 듯 자세를 바로 했다. 그리고 마스크 밖으로 잘 들리도록 또박또박 말했다. 감사했습니다. 발성 좋은 배우의 목소리가 커피숍 가득 울렸다. 노인의 표정이 풀리면서 눈가로 미소가 번져 나왔다. 마스크를 썼어도 알 수 있었다.

심야배달

#배달의시대 #공원으로배달시킬때팁
#배달원에게계단지옥이란

공원으로 오르는 계단 입구에 다다랐을 때, 도
로변 멀리서 한 남자가 비닐봉지를 들고 오는 게 보
였다. 나는 순간적으로 내가 들고 있던 비닐봉지를
내려다보고, 다시 남자의 비닐봉지를 봤다. 내 것은
흰색 봉지, 남자의 것은 검은색 봉지였다. 남자는
나를 지나쳐 도로변을 따라 유유히 걸어갔다.

계단을 올려다보았다. 주홍빛 조명이 이어져 있
는 계단은 끝이 없어 보였다. 동료의 설명에 따르면
나직한 동산의 중간쯤 자리 잡은 공원이라고 했다.
입구에 세워진 동산 조감도를 보자 계단을 오르다
나타나는 첫 번째 평지에 있었고, 내가 서 있는 곳

장재희

에서부터 멀지 않은 거리였다. 위치를 확인한 나는 한 걸음 한 걸음 계단을 올라갔다. 겨우 몇 걸음 올랐을 뿐인데도 산의 소리와 냄새가 생생하게 느껴졌다. 밤에는 모든 것이 더 분명하고 명료해지는 듯했다. 눈에 보이는 것이 단조해지자 다른 감각이 동원되고 있었다. 봉지에서 퍼져 나오는 갓 구운 와플 냄새도, 아이스아메리카노 컵 안의 얼음이 부딪는 소리도, 내 몸에 닿느라 부스럭하는 비닐 소리도, 모든 게 과장되어 있었다. 그러다 순간 멈춰 섰다. 무언가 다른 소리를 들은 것 같았다. 그대로 선 채 사방을 둘러봤다. 고요하기만 했다.

나는 다시 계단을 올라갔다. 어둠 속의 계단이, 그 계단을 오르는 발걸음이, 조금씩 가빠지는 호흡이, 자꾸만 낯설게 느껴졌다. 배달 전화가 온 건 카페의 파트타임 근무가 끝날 무렵이었다. 아이스아메리카노 둘, 와플 하나. 동산공원 정자. 받아 적은 배송지가 어딘지 아리송했지만, 옆에서 보고 있던 동료가 손으로 오케이 표시를 해서 그대로 주문을 받았다. 오늘도 매상이 적은 날이었고, 우리에게는 주문 하나라도 더 받자는 자세가 필요했다. 동료가 말했다. 전에 갔던 데야. 같은 손님인가? 동료는 아는 곳이니 빨리 다녀오겠다며, 혹시 근무 시간이 지나더라도 조금만 기다려달라고 했다. 동료는 빠른 손놀림으로 와플을 만들었다. 나는 와플이 구워지는 속도에 맞춰 샷을 내리고, 얼음 컵을 준비하고, 샷을 얼음 컵에 부었다. 시간을 확인하자, 바로 나가면 근무 시간보다 10분 정도만 더 들여 배달을 마칠 수 있겠다는 계산이 나왔다. 음료와 와플을 포장하면서 말했다. 내가 퇴근하면서 주고 갈게. 동료가 그래도 돼? 하곤 미소 지었다.

계단을 계속 올라갔지만, 공원은 보이지 않았다. 동료가 배달을 갔던 공원은 분명 여기가 맞겠지? 그러다 궁금했다. 동료가 갔을 때는 밤이었을까, 낮이었을까. 동료는 나보다 보름 정도 먼저 카페에서 일을 시작했다. 그런데 언제 공원에 배달을 갔던 것일까. 아르바이트를 구할 당시, 제시된 업무에는 배달도 포함되어 있었다. 하지만 배달 앱을 통한 주문이 대부분이었기에 직접 배달 갈 일은 거의 없다시피 했다. 계단을 오를수록 어쩐지 초조했지만, 하기로 한 업무 중 하나를 하고 있는 것뿐이라고 자신을 다독였다.

한 걸음 한 걸음 나는 계단을 올라갔다. 문득 공포영화가 생각났다. 특정 장면이 떠오른 것은 아니었다. 그것은 여러 영화의 장면들을 한곳에 겹쳐놓은 듯 불명확하지만, 분명히 존재하는 그림이었다. 그들은 어두운 숲이나 외딴집에 들어갔고, 이상한 소리를 따라 혼자 지하실에 내려갔고, 우연히 만난 낯선 사람과 동행했고, 정체불명의 물건에 손을 댔다. 등장인물들은 함께 있으면 되는데 하나둘 흩어져서 죽고, 가만히 있으면 되는데 굳이 움직여서 위험에 빠지곤 했다. 나는 그런 장면을 볼 때마다 소리치고 싶었다. 그만 멈춰, 지금이라도 돌아서면 아무 일도 없을 거야. 나는 그들을 보며 가슴을 졸였고, 안타까워했다.

한 걸음 한 걸음 나는 계단을 올라갔다. 숨소리가 점점 거칠어지고 있었다. 좀 더 천천히, 깊게, 심호흡했다. 발소리가 크다고 생각하며 고개 숙여 나의 걸음을 살폈다. 순간 또 다른 발걸음 소리가 들렸다. 걸음을 멈췄다. 그러자 또 아무 소리도 들리지 않았다. 조금 긴장한 채 주위를 둘러보았다. 검게 물든 나무들만 보였다. 나는 걸음을 재촉했다. 내 운동화 끝을 따라 그 앞에 계단이, 그 앞에 또 계단이 있었다. 계단은 두 걸음 올라가고, 뒤돌아 세 걸음 내려가고, 다시 한 걸음 올라가고, 그러라고 만들어놓은 것이 아닌 듯 앞으로 앞으로만 이어지고 있었다.

계단을 오르며 생각했다. 영화 속 인물들 또한 어쩌다 보니 움직인 거라고, 이미 떠난 길을 멈추지 못한 거라고. 모든 일은 일어나는 동안에는 그저 자연스러운 일일 뿐이라고. 나 또한 이 밤에 왜 산길을 걷고 있는지 알 수 없다는 생각이 들었다. 물론 분명한 이유가 있었다. 나는 고객이 요청한 장소로 음식을 배달하는 중이었다. 내 손에 흰색 봉지가 들려 있는 한, 나는 이 길을 계속 가야만 했다. 지금 가장 자연스러운 일이라면, 바로 그 일이었다. 하지만 의문이 끊이지 않았다. 왜 하필 여기인가, 지금 이 시각인가, 하고. 나는 단지 배달을 하는 게 맞을까? 눈에 보이는 건 일부에 지나지 않을 수 있었다. 무언가 음모가 도사리고 있을 수 있었다.

한 걸음 한 걸음 나는 계단을 올라갔다. 오로지

장재희

계단과 어둠과 주홍빛 조명뿐이었다. 아직도 계단은 끝이 보이지 않았다. 어디선가 부스럭거리는 소리가, 발걸음 소리가 또 들리는 것 같았다. 나는 고개를 내저으며 계단을 오르는 데 집중했다. 가슴이 떨려서 이제는 동작을 멈추기도 쉽지 않았다. 멈추는 순간 그대로 온몸이 내려앉을 것 같았다. 나무 위에서 작은 산짐승이 후다닥 지나가는 소리가 들렸다. 가슴이 두방망이질했다. 손에 든 배달 음식이 짐스러웠다. 그래, 지금이 바로 결단이 필요한 순간이 아닐까. 뒤돌아 계단을 내려가야 하는 게 아닐까. 나는 멈춰 섰다. 그리고 들었다. 다시금 다가오는 발걸음 소리를. 게다가 발소리는 하나가 아니었다. 두려움에 가슴이 터질 것 같았다. 그때 멀리서 하얀 불빛이 보였다. 나는 그대로 선 채 숨을 몰아쉬며 불빛을 바라보았다. 어디선가 치킨과 피자 냄새가 났다.

접촉결핍의 증후

신주희

2012년 『작가세계』를 통해 등단했
다. 소설집으로 『모서리의 탄생』이
있다.

코웃음을 쳤다. 너의 터치 따위! 혼밥, 혼술, 혼행까지 가능한 인간으로 다시 태어나리라 마음먹었다. 하지만 굳이 왜 혼자여야 하는가, 하는 자문이 길어졌다. 혼자라는 단어에 담긴 강박 때문에 잠을 이루지 못했다. 밖은 봄인데, 나는 겨우 전기장판 온기를 빌려 너를 만지는 꿈을 꿨다.

- 「코로나 44 극복기」
- 「코로나 시대의 이별」
- 「아주 사적인 생존신고」
- 「화상인 관측기」
- 「혼밥, 혼술」

코로나44 극복기

#44세여성 #전파자의양심의가책
#바른코로나생활

문 앞에 섰다. 기나긴 망설임 끝에 내린 결정이었다.

과연, 내가 하려는 일이 무엇인가. 막상 마음을 먹자 그것이 무엇인지 현실적인 깨달음이 몰려왔다. 문득, 멈추고 싶었다. 지금이라도 늦지 않았다. 문을 열지 않는다면, 이미 온기를 잃어 천천히 죽어가는 것들을 외면할 수만 있다면. 게다가 그 일은 내게 특별한 의미를 가지는 것도 아니었다. 그보다는 참혹한 광경을 목격할 가능성이 높았다. 그런데 신기한 일이었다. 무엇보다 내 안에서 이 일이 하고 싶다는, 해치우고 말겠다는 열망이 좀처럼 사라지지 않았다.

그런데 왜, 하필, 이 일인가.

이성적인 단 하나의 이유도 찾을 수 없었다. 어쩌면 마음의 부채감 때문인지도 몰랐다. 코로나 확진자로 생활치료소에 다녀온 지 얼마 되지 않아서 그런 것인지도. 얼마 전 코로나에 걸렸다. 그 과정에서 고초를 겪은 사람들이 있었다. 나로 인해 자가격리를 해야 했던 사람들이었다. 나는 응급처치를 하듯, 다급히 전화를 돌리고 문자메시지를 보냈다. 진심으로 미안했지만 할 수 있는 것이 사과밖에 없었다. 그리고 그들 모두에게 답장을 받았다. 괜찮다고, 이렇게 된 것은 너의 잘못이 아니라는 내용이었다. 따뜻하고 위로가 되는 메시지였다. 너무나 다행스러웠다. 고마웠고 감사했다. 하지만 여전히 마음이 편하지 않았다. 매일 단체 채팅창에 올라오는 그들의 안부가 부담스러웠다. 자가격리 동안의 점심 메뉴와 시간 때우기 좋은 영화 리스트, 코로나 관련 뉴스와 건강 팁 같은 것들에 나는 형식적인 답만 했다. 'ㅋㅋㅋ'이라든가, 'ㅎㅎ' 등 가벼운 이모티콘은 사용하지 않았다. 내가 어떤 반응, 좋다는 혹은 싫다는 유의, 감정을 보인다는 것이

신주희

어딘지 부적절한 느낌 때문이었다. 무엇보다 내가 가진 미안함의 무게가 반감되는 것이 두려웠다. 생활치료소에 있는 동안 내가 한 일은 그들을 향해 내내 무릎을 꿇고 있는 것이었다. 무려 이 주 동안, 그들의 자유를 박탈했다는 자책 때문이었다.

그러니까 이 모든 건 누구의 탓인가.

고비도 한계도 넘긴 이 시점에서 나는 여전히 그 물음에 대답을 할 수 없어 불편했다. 그 이유를 찾다 보면 어김없이 그녀의 말이 떠올랐다. 그녀는 나 때문에 자가격리를 했던 그들 중 하나였다.

"나는 괜찮았지만, 다른 사람들이 걱정이야."

뜻밖이었다. 그녀가 말한 '다른 사람들'이 누구보다 나를 적극적으로 위로했던 그 사람들이었기 때문이다. 내게 괜찮다고, 그건 누구의 잘못도 아니라고 말해줬던 바로, 그 사람들. 그녀의 말에 따르면 문제는 나의 태도였다고 했다. 카톡 창에 보인 나의 무성의한 반응. 대화에 참여하지 않고 거리를 두는, 말하자면, 가해의 입장에서 피해를 외면하는 무감함. 그녀는 다시 한번 강조했다. 나는 정말 괜찮아. 하지만 다른 사람들은 그게 좀 서운했대, 하고. 그 순간 나는 어렴풋 깨달았다. 충고 속에는 분명히 그녀가 대신 전한 그들의 말이 섞여 있었지만, 그보다 앞선 목적은 그녀의 마음이었다. 상처를 받으면 받은 만큼 되돌려주고 싶은 마음, 어떤 형식으로든 그 마음을 전달하고 싶은 욕망. 이 세상에 상처받는 일에 자유로운 인간은 아무도 없다는 사실이 그녀의 긴 설명 속에 촘촘히 박혀 있었다. 그랬다. 고백하자면 나의 근신은 애초부터 목적이 달랐다. 나는 과하게 사과하는 것으로 권리를 주장한 거였다. 과하게 양보하고, 과하게 침묵함으로 진짜 얻고자 했던 것은 그들의 용서나 이해가 아니었다. 나를 비난하지 말 것, 내게 상처주지 말 것. 하지만 우리 모두 인간은 인간이어서 그럴 수 없고, 그럴 기회를 박탈당하면 그것은 언제고 폭발 시한을 지닌 마음이 되는 거였다.

아마도 그 때문일 것이다. 지금 내가 이 일을 갈망하는 이유가. 대체로 엄두도 안 나는 일의 데드라인이 코앞일 때 떠오르던 일이었다. 몹시도 상처를 받은 날, 그래서 마약과 같은 노동이 필요한 날

하고 싶은 것이기도 했다. 거의 이 년 만이었다. 그 일을 하자, 벼르기만 했던 시간들이. 그럼에도 불구하고 쉽사리 열 수 없던 문이었다. 하지만 오늘은 달랐다. 나는 당장 자리에서 일어나 오랫동안 망설이던 그 문 앞으로 다갔다. 그만큼 감정적으로 지쳐 있었다.

해로운 생각은 일단 치우자.

사람들은 늘 회복의 이야기를 듣고 싶어 하지만 삶은 대부분 작고 하찮은 파멸의 이야기다. 때문에 그것과 의식적으로 거리를 두는 일은 매우 중요하다. 정신적 안전을 위해 나는 이렇게 중얼거렸다.

'이건 누구의 잘못도 아니고 그렇게 몰아가서도 안 된다.'

그러려면 먼저 생각을 멈춰야 한다. 몸을 움직이는 것이 방법이다. 그러니까 이 문 뒤에 있는 엄청난 것들을 어서 해치우는 것. 선사 시대의 유물이라 해도 좋을 것을 발견할지도 모른다. 혹은, 기억으로부터 까맣게 실종된 물건이 이 문 안 어디에 꽁꽁 얼어붙어 있을지도. 손이 트고 팔다리가 아파올 것이다. 후회와 자괴감이 번갈아 나를 괴롭힐 것이고. 당연한 말이지만, 어깨 위에 뭉칠 피로야 너무나 고마운 상처 해독제가 아닌가. 나는 이제 그 모든 생각들로부터 벗어나기로 했다. 이럴 때만큼은 한다면 하는 성격이라고 큰소리를 쳐도 좋겠다. 그렇게 생각하니 이 일만큼 건강을 위한 일도 없지 않나 싶다. 나는 내 눈앞의 손잡이를 의미심장하게 잡아 당겼다. 이윽고 내가 마주 서야 하는 세계, 나를 가르치고 깨우쳐줄 단순 노동의 세계와 대면했다. 자, 이제, 다시 태어나자. 강한 의지와 책임감으로 상식적이고 양심적인 냉장고를 가진 사람으로!

마침내, 냉장고 청소가 시작됐다.

코로나 시대의 이별

#무색무미무취의이별 #이별하기좋은시대
#마스크속눈물이반짝

이별하기 수월한 날들이 이어지고 있었다.

남은 산소량 54퍼센트. 너로부터 80만 광년쯤 멀어진 거리. 그리고 잠시 다음 목적지를 생각했을 때 나는 광활한 우주의 아득함을 온몸으로 실감했다. 내게 남은 평생이 몇 년일까. 그 시간을 다해도 다시 머물 목적지를 찾지 못한다면. 나는 몇 번이고 혼자서, 아무것도 없이, 낯선 곳에 도착하는 것을 상상했다. 너를 빼면 남는 것이 없는 내 몸이 무게를 잃고 허공으로 떠오르고 있었다. 멀미가 났다. 시각과 감각의 불일치가 만들어내는 신체적 반응이다. 멀미는 주로 수동적인 움직임 때문에 발생한다고 했다. 빠르게 멀어지는 너의 마음과 그것에 초점을 맞추려는 나. 움직이는 너의 생각과 움직이지 않는 나의 생각. 어지러웠다. 칠 년의 시간 동안 감지하지 못했던 가속이 내내 속을 울렁이게 만들었다. 어쩌다 보니 그렇게 된 일이라고, 너는 말했다. 하지만 어쩔 수 없었던 그 일들에 너와 나는 얼마나 개입했을까. 시간은? 그리고 사랑은? 그렇게 흘려보낸 너의 빈말과 행동들이 이제는 내게 서글픈 질문이 되어 돌아오고 있었다.

우리는 그렇게 멀어지고 있었다.

나는 지금 이별을 준비하고 있다. 칠 년짜리 사랑의 주행 거리는 7만 킬로미터나 70만 킬로미터쯤 되는 것 같았다. 그 사랑은 금방이라도 멈출 것 같은 소음을 냈다. 사랑이 너무 낡았다는, 오래되어 식었다는 것이 이별을 정한 이유의 전부는 아니었다. 오히려 그 사실을 외면하기 위해 시도했던 시시하고 콜콜한 계산들이 서로에 대한 단념을 부추겼다. 존재를 확인하며 느꼈던 공감 역시 한계에

봉착했다. 더는 무엇도 새롭게 해석할 의지가 없음을 인정해야만 했다. 감정의 인력으로는 도무지 어쩔 수 없는 아찔한 높이와 깊이를 가진 낭떠러지, 우리는 곧 서로의 절벽이 될 예정이었다.

사실은 그랬다. 우리는 꽤 오래전부터 그런 비극만은 피하자는 것에 암묵적으로 동의했다. 무엇보다 남겨진 기억이 더는 훼손되지 않기를 바랐다. 서로가 서로를 버티는 것의 결론은 결국, 혼자로 돌아가는 일뿐이라는 것에 합의했다. 얼마나 떠나고 싶은가, 하는 것과 얼마나 머물고 싶은가, 하는 것은 결국 같은 결말을 가졌다. 각오가 필요했다. 평소에는 있는지 없는지 신경 쓰지 않았던 것일수록 잃고 나면 매우 고통스러워진다는 것을 너도, 나도 잘 알고 있었다.

그렇게 떠나기 좋은 이유들이 생겨났다.

무엇보다 타이밍이 나쁘지 않았다. 온 세기를 통틀어 이만큼 이별하기 좋은 시대가 또 있을까. 너와의 거리 두기도, 너로부터의 자가격리도 무리 없이 진행될 거였다. 서서히, 그리고 천천한 속도로 나는 나의 지구라고 믿었던 너를 떠나기로 했다. 너에게 묶어놓았던 끈을 풀었다. 상자를 열고 이삿짐을 꾸렸다. 너와의 사랑이 영원할 거란 착각 덕분에 쌓아놓은 살림이 산더미다. 다만 쓸쓸한 것은 그 짐 어디에도 온전히 내 것이라 느껴지는 것이 없다는 사실이다. 하지만 오랜 연애의 이별에는 좋은 것도 있다. 여유가 있다는 거다. 아파도 아프기만 한 게 아니고, 외로워도 외롭기만 한 게 아니다. 마음이 비워질 때마다 뜻밖의 빛나는 무엇인가가 한 움큼씩 채워지는 기분이 든다. 비로소 어른이 되는 기분이랄까.

남기지도 버리지도 못한 짐을 한가득 싣고 마스크를 썼다. 이럴 때 마스크는 좋다. 떠나는 이의 표정을 숨기기에 적합하다.

부디, 지금 이 슬픔이 코로나 때문인지, 이별 때문인지, 당분간은 헷갈리길 바란다. 마스크를 벗을 때쯤은 모든 것이 회복되어 있기를. 웃을 수 있기를. 그때는 홀홀, 이기적인 사랑으로부터 자유와 독립을 확보하기를.

이제, 이 지구상에 내가 누구인지 아는 사람이
없다.

아주 사적인 생존신고

#나는납부한다 #고로존재한다
#고지서의세계에서

혹시, 나는 거대한 고지서의 일부가 아닐까, 하는 생각을 했다. 오랫동안 방치되어 있던 우편함 속에는 책 한 권 분량의 고지서들이 무거운 숫자를 달고 쌓여 있었다. 가끔씩 메일이나 앱으로 확인하던 숫자들을 두툼한 부피의 종이로 느끼자 나는 내가 자초하지 않은 사정으로 괜스레 손해를 보는 기분이었다. 차분한 정리가, 실수의 복기가 필요했다.

나는 납부한다. 고로 존재한다. 한 사람을 숫자로 표현하자면 이런 식이 아닐까. 서글프지만 존재라는 아름다운 단어가 가장 강력한 효력을 발휘

하는 곳은 여기, 아무래도 고지서의 세계인 것 같다. 그 속에서 내 이름은 그 어느 때보다 유효한 효력을 갖는다. 차갑지만 세상은 그렇게 돌아가고 있었다. 돈을 치르지 않으면 권리가 없는 사람이고, 권리가 없으면 목소리를 낼 수 없는. 약자는 힘을 의미하는 게 아니었다. 존재로서의 미약을 의미했다. 때문에 나는 남부럽지 않을 만큼 썼다. 그렇다면 남은 문제는 그 존재감을 어디에 썼느냐, 하는 것이다. 그것에 따라 소비의 유용과 무용이 결정되지 않을까, 하고 나는 말도 안 되는 쪽으로 스스로를 위한 변(辯)의 길을 잡았다.

일단, 카드값. 카드값 중에서도 배달 음식에 쓴 비용은 좀 심하다 싶을 정도였다. 이미, 배달 앱 VIP를 달성한 내 이름 석 자가 쓸데없이 빛나는 순간이었다. 그렇다. 나는 그렇게 살아 있었다. 배달 음식으로 끼니를 연명하며. 돌아보면, 우울한 날들이 있었다. 열패감에 푹, 젖어 온몸이 물먹은 솜처럼 무거웠던 날. 그런 날은 나가면 안 된다. 죽을 수도 있기 때문이다. 나만 빼고 세상이 특별히 화려해 보일 때는 자존감을 위해 집에 머문다. 그런 날은 당연히 요리 같은 건 하지 않는다. 대신 내 손으로는 절대 만들 수 없는, 이국의 음식을 먹는 게 좋다. 그런 건 끼니가 아니다. 마음의 양식 같은 거다. 거기에 꼭 어울리는 주류를 곁들인다. 맥주, 와인, 때로는 하이볼. 그럴 때 잔뜩 성이 난 삶은 그 뾰족했던 가시를 거둔다. 내가 대충은 괜찮게 느껴진다. 이걸 하려고 내가 그 생고생을 해서 돈을 버는 거고. 게다가 요즘 같은 시대에 배달 음식이 아니라면 어디서 인생의 낙을 찾을 것인가. 그러니 이건 당근 패스!

두 번째로 가스비. 아, 이건 언급할 필요가 있는 건가, 잠깐 고민이 된다. 겨울엔 무조건 추우면 안 되는 거 아닌가? 혼자 사는 여성의 경우라면 더 그렇다. 정신적인 걸 떠나 어디까지나 물리적인 위험을 말하는 거다. 여성은 남성보다 기대 수명도 긴데 '화려한 싱글'이라는 허울에 저당 잡혀 있다. 그 단어의 그늘에는 가난과 외로움이라는 미래의 위협이 도사리고 있다. 도무지 각종 질병과 직선으로 연결하지 않을 수 없다. 버지니아 울프도 말하지 않았던가. 여자에게 절대적으로 결핍된 요소 두 가지. 자기 일에만 몰두할 수 있는 자기만의 방과 의존적인 삶을 살지 않도록 해줄 수 있는 고정 소득. 여기서 설마, 추운 자기만의 방을 말하는 건 아니겠지. 아무튼 나는 그 두 가지에 미소 지을 수 있는 형편도 아니고, 일인 여성 가구에 호의적인 사회에 살고 있는 것도 아니니 지금 당장의 온기가 얼마나 중요하냔 말이다. 생존해야 하므로 따뜻하기라도 해야겠어, 하는 마음에 다시 한번 고개를 끄덕이게 된다.

마지막으로 통신비다. 적힌 숫자가 생각보다 커서 통신의 사전적 의미를 찾아봤다. 1) 소식을 전함. 정보나 의사를 전달함. 2) 정신이 신령과 통함. 아, 그랬구나. 그래서 이런 값이 나왔구나, 하며 나는 수긍하고 말았다. 고백하자면, 내가 쓴 '통신'의 경우에는 '소식을 전하거나 정보, 의사를 전달'한 게 아니다. 오히려 '신령과 통함'의 경우가 더 많았던 것 같다. 내게 실재(實在)하지 않는 세계를 기웃

거린 것, 나는 그것에 가장 많은 데이터를 사용했다. 예를 들면, 엄마 친구 아들, 시집을 잘 간 친구, 비현실적인 외모를 가진 여자들과 성공의 끝을 달리고 있는 남자들. 나는 틈틈이 그들의 세계와 접선했다. 허무하기 짝이 없는 일이지만 멈출 수 없었다. 왜? 그곳은 천국처럼 보였고 내게는 잠깐씩 그것과 통하고 싶다는 열망이 있었다. 그리고 가끔, 그 안에서는 할 수 있는 일과 하고 싶은 일의 경계를 잊었다.

현명한 사람은 돈으로 시간을 산다고 했던가? 내 이름이 적힌 고지서에 따르면 나는 그것에 충실했다. 그것 말고는 달리 낼 수 있는 결말도 없지만. 하지만 내돈내산한 시간들의 가치는 끝내 물음표를 찍을 수밖에 없었다. 고지서에 기록된 장황한 존재감의 기록에도 불구하고 나는 지금 매우 헛헛하기 때문이다. 소비되지 않는 것, 고유한 그것에 더욱더 목이 마르다.

신주희

화상인 관측기

#화상인은좋아요를좋아해 #신출귀몰
#화상인의슬픔

화상인은 화상에 산다. 당연히 화상에서 만날 수 있고, 그들의 활동은 화상을 통해 관측이 가능하다. 그러나 관측만으로 보여지는 생활의 진위가 모두 참일 가능성은 매우 희박하다. 화상의 대기는 주로 연출이라는 필터로 이루어져 있으며, 이렇게 이루어진 대기는 진실 함량이 낮기 때문이다. 분명히 존재 하지만 그 진위 여부는 확인할 수는 없다는 점에서, 화상인과 화성인의 발음 혼용은 어느 정도 무방하다.

화상인은 매끄럽다. 매끄러운 피부를 가졌다. 필터에 필터를 거친 얼굴 그 어디를 터치해도 손끝에 거슬리는 것이 없다. 화상 속의 얼굴들은 모두 그렇다. '좋아요'를 좋아하는 얼굴. 그들은 좋아요를 받을 수 있는 최상의 상태를 유지하기 위해 다양한 요소들을 활용한다. 가장 기본적인 옵션은 아름다움이다. 눈을 키우고 코를 높인다. 다리를 늘리고 허리 라인을 살려 현실과는 동떨어진 신인류를 창조한다. 화상인들 덕분에 아름다움이 편의점에서 파는 일회용품이 된 것 같다. 거기에 화상인들은 자신의 배경을 자유자재로 통제할 수 있다. 시공간의 오차라는 봉재선도 없이 화상인들은 스스로의 환경을 선택한다. 바다 건너 도시의 야경이, 계절이 다른 휴양지의 해변이, 한 번도 가본 적 없는 도서관이 인사를 건네는 화상인의 뒤에 펼쳐져 있다. 그것으로 화상인들의 상태나 성격, 기타 등등의 몇 가지 추정이 가능하다. 예를 들면, '저는 뉴욕에 있습니다. 이 새벽, 이 회의를 위해 깨어 있는 겁니다.'라든가 '다음에 얘기하면 안 되나요? 난 지금 쉬고 싶은데요.' 혹은 '이 책들 다 내가 읽은 겁니다. 대박이죠?'와 같은 것들이다. 그것으로 화상인들은 서로의 상태를 추정한다. 도시의 야경을 배경으로 삼은 상대의 취향이랄지, 휴양지 이미지에 담긴 의미랄지, 말로 하자면 좀 껄끄러운 메시지랄지. 말하자면 그것은 상호 불가침의 영역이다. 소리 없는 아우성이랄까. 매끄러운 것은 배경뿐만이 아니다. 매끄러운 표면을 거쳐 이루어지는 소통도 매끄럽게 다듬어진다. 주로 긍정적인 의견들을 주고받는다. 문제를 일으킬 가능성을 최대한으로 줄인다. 화상인에게 중요한 것은 시간이고, 모두와 합의된 시간을 나눠 쓰기에 긴 설득이 필요한 주장은 적합하지 않다. 짧고, 명료하고, 분명한 결론을 낼 것. 화상인들이 추구하는 매끄러움의 핵심은 바로 이것이다.

결론이다. 그래서 화상인은 슬프다. 아름답지 않기 때문이다. 의도된 친절과 연출된 일상에 환호하는 사람들에 대해 잘 알기 때문이다. 모든 상황이 매끄러울 때만 좋아하는 사람들. 매끄러움은 매끄러움 그 자체 말고는 다른 촉감을 허용하지 않는다. 화상 앞에 서기 전까지는 그들도 가공되지 않은 질감을 가진 인(人)이 아닌가. 가능한 모든 부정을 거둔 화상의 환경은 어쩌면 수많은 돌기를 포함한 인간에게는 적합하지 않은 것 같다. 촉각이라는 감각, 인간의 본능적 쾌감을 느끼는 통로가 차단되어 있다는 것, 진정한 터치가 불가능한 시대에 살아있어서, 화상인은 슬프다.

혼밤, 혼술.
#엄마와위스키한잔
#슬픔은셀프 #돌봄도셀프

"엄마가 웬일이야?"

"여전하구나. 말 안 예쁘게 하는 건."

"엄마 닮아서 그렇지 뭐."

"잘 지냈니?"

"뭐. 그럭저럭요. 엄마는요? 아니다. 엄마는 잘 지내고 계신 것 같네. 표정도 밝고, 건강해 보이고."

"얘, 나 벌써부터 후회된다. 괜히 왔나 봐."

"아니에요. 잘 오셨어요. 차 한잔 드려요?"

"뭐야. 너는 위스키를 마시고 있는데? 그럼 나도 한잔 마셔볼까?"

"정말? 엄마가 위스키를?"

"얘! 나 이제 술 잘 마셔!"

잔을 꺼내고 땅콩 봉지를 뜯는 사이 엄마는 새로 이사 온 집을 둘러봤다. 엄마의 둥근 등, 짧게 자른 뒤 펌을 한 머리, 무엇인가 몰두할 때 짓는 특유의 표정이 익숙했다. 이 년 만이었다. 떨어져 지냈다는 생각이 들지 않아서 서로 어떻게 지내는지 다 알고 있는 것 같았다. 하지만 다시 생각해보니, 지금 이 모습은 엄마가 돌아가시기 직전의 모습 그대로인 것이 떠올랐다. 그 때문일지도 몰랐다. 꿈속에서 나는 매번 엄마의 죽음을 잊고 있었다.

"근데 너 좀 말랐다?"

"그런가?"

"응."

"잠을 잘 못 잤어요. 그래서 술만 늘었고."

"왜? 뭐가 잘 안 되니?"

"그게……."

"뭔데?"

"좀 슬퍼요. 코로나라 그런가?"

"난 또 뭐라고."

"요즘 부쩍이요. 자려고 누우면 잠도 잘 안 오고. 먹고 싶은 거, 가고 싶은 곳도 없고."

"그래?"

"그냥 아무것도 해놓은 게 없는데 나이만 먹고 있다는 생각이 들어."

"그냥 치료 중이라고 생각해. 열이 났던 몸을 좀 식히고 있는 거지. 슬픔도 제때 돌보는 게 중요하니까. 그리고 너는 작가잖니."

"젊지도 유명하지도 않은?"

화르륵 불꽃이 번지듯 찡그린 얼굴이 웃긴지 엄마는 풉, 소리를 내며 웃었다. 나는 좀 억울한 기분이 되어 엄마를 바라봤다.

"하긴. 내가 지금의 너였다면 나도 분명 그렇게 생각했을 거야. 더 이상 젊고 능력 있는 사람이 아니라는 것을 알게 된 때를 떠올려보면 나도 그랬지."

"늘 괜찮은 어른이 되고 싶었는데."

"얘! 나는 아직도 그게 꿈이다."

엄마는 갑자기 신나는 일이라도 생긴 것처럼 새소리를 냈다.

"근데 딸, 그래도 너는 여전히 괜찮아. 그러니까 조급해하지 마. 될 일은 아무렇게나 해도, 안 될 일은 무슨 수를 써도 안 돼. 그냥 작가답게 멋대로 살아.

다른 사람 눈치 볼 것 없어."

"뭐야 엉터리 같은데?"

"인생에서 가장 정확한 확률이 뭔지 아니?"

"뭔데?"

"반반."

"응?"

"인생이 배달하는 건 늘 희망 반, 절망 반."

"엄마에게도?"

"난 이제 그런 게 없지. 희망도 절망도 나한테는 다 지난 일이야."

엄마는 살짝 슬픈 얼굴이 되는 것처럼 보였지만 곧 다시 평온하고 따뜻한 얼굴로 돌아왔다.

"근데……."

"근데?"

"이상하게도 너랑 이런 얘기를 하니까 내 마음이 은근히 든든한 거 있지."

"뭐?"

"아니. 방금 전까지는 나도 몰랐는데, 그런 마음을 가장 잘 이해하는 건, 그런 마음을 이미 지나본 마음이란 생각이 드네? 비로소 네가 헤아려진

다는 뜻.'

"헐."

"게다가. 이건 누군가를 되게 많이 아낄 때만 할 수 있는 고백이다?"

엄마는 뭔가 중요한 걸 깨달은 사람처럼 눈을 깜빡였다. 그러곤 만족스러운 듯 나를 향해 미소 지었다. 나도 엄마를 향해 눈웃음을 지어 보였다.

"날 이해하게 되어서 좋아?"

"응. 좋아."

"왜?"

"이제는 정말 끊길 수 없는 사이가 된 것 같아. 전에 우리는 그렇지 못했잖니."

"근데 엄마는 이제 없잖아."

"그럼, 여기 있는 건 누군데?"

엄마는 위스키 한 모금을 캬, 소리를 내며 마셨다. 그렇게 보니 엄마는 조금 변한 것 같았다. 뺨에 생기가 돌았다. 돌아갈 삶 같은 게 없어서 그런지 한없이 가볍고 명랑해 보였다.

"엄마. 내가 엄마를 많이 오해했어."

"그러니?"

"엄마는 되게 쿨한 줄 알았어. 상처도 잘 안 받고 그래서 외로움도 덜 타고."

"애! 그건 너무하다."

"그치?"

"응. 그런데 이해해. 오해하고 그게 오해였다는 걸 간신히 깨닫는 게 이해니까."

"와, 엄마. 요즘 문화센터라도 나가?"

"그뿐인 줄 아니? 요즘은 저 위에 높으신 분들과 백분 토론도 한단다."

"그래. 나는 엄마가 이렇게 잘 살고 있을 줄 알았다니까."

엄마는 얼음이 녹고 있는 빈 잔을 흔들었다. 나는 조금 남아있는 위스키를 엄마의 잔에 따랐다.

"딸."

"응."

"네가 가고 싶은 모든 길을 가. 열심히, 최선을 다해서."

"응."

"가끔 엄마도 불러주고."

"어떻게 불러?"

"어떻게는, 이렇게 만나면 되지."

"뭐야, 엉터리야. 이거 내 꿈이잖아."

"그래. 원래 다 엉터리야. 그러니까 너무 심각해지진 말고!"

나는 점점 지금 내가 꾸고 있는 꿈을 의식했다. 엄마가 조금씩 흐릿해졌다.

"술 잘 마셨다. 너무 늦었어. 나 가봐야 해."

엄마는 서둘러 자리에서 일어섰다. 꼭 약속 시간에 늦은 사람처럼 옷을 챙겨 입고 나를 돌아봤다. 언제 다시 보자는 약속은 없었다. 나는 엄마가 사라진 문을 보느라 눈을 깜빡였다. 꿈결인지, 아닌지 눈가가 촉촉했다.

창밖에 눈이 내리고 있었다. 일기예보에 눈이 많이 온다더니, 정말 그랬다. 눈송이가 크고 묵직했고 밤새 내릴 기세로 쏟아지고 있었다. 눈이 쌓인 길 위에 엄마의 발자국이 꾹꾹 찍혀 있을 것만 같았다. 꿈을 꾸고 있는 사람들 가운데서 나는 혼자 깨어 있는 기분이었다.

빈말의 힘

한숙현

2010년 김유정소설문학상을 수상
했다. 2015년 앤솔러지 『우리는 행
복할 수 있을까』에 참여하며 작품
활동을 시작했다. 현대무용 텍스트
와 소설을 쓰고 있다.

코와 입을 가리자 다들 비슷해졌다. 거절이 수월해지고 하나 마나 한 말이 줄었다. 그건 좋았다. 종종 '그나마 다행인 건' 같은 말에 기댈 때도 있었다. 그러니 당신도 노력했을 것이다. 이 말을 해주고 싶었다. 우리는 벌을 받는 게 아니다. 나아질 것이다. 더 좋아질 것이다. 이제 우리는 달라질 것이다.

- 「버튼」
- 「약속」

버튼

#자발적자가격리자 #존버만이답인가
#고모는조카바보

이미 알 사람은 다 알고 있겠지만, 이 세계는 외계행성의 지적 생명체에 의해 세팅된 게임 프로그램이야. 물론 게임의 재미를 위해 인간 플레이어들은 이 사실을 모르게 되어 있어. 하지만 영원한 비밀이 있겠는가. 감추어진 것은 결국 드러나게 마련이지. 그동안 흥하고 쇠하는 문명마다 한둘씩은 등장했던 성찰력 만렙의 현자들. 그들은 각자의 탁월함으로 도를 깨치고 이 비밀을 파악했어. 다만 알아먹게 설명하기가 어려웠지. 왜냐, 당시에는 컴퓨터 시뮬레이션 개념을 상상할 수 없었거든. 그러니 비유니 뭐니 하면서 다소 멍청한 제자들에 의해 알음알음으로 전해져오다가, 봐봐, 영화 〈매트릭스)가 나온 게 벌써 이십 년이 넘었고, 꼬마들까지 게임에 몰두하는 그런 시대니까 뭐, 약간의 촉만 있으면 바로 알 수 있지. 이 세계가 일종의 RPG 프로그램이라는 건 이제 그리 대단한 비밀도 아니라는 거야. 알아들을 사람은 알아들었지?

클리셰이긴 하지만, 노숙인 하나가 공원에서 죽어가는 장면을 떠올려보자. 그를 돌보는 게 신을 돌보는 거라고 이미 이천 년 전부터 지겹도록 들었잖아. 이걸 머리로 알고, 가슴이 벅차올라도, 막상 손발을 움직이는 건 다른 문제지. 중학교 교과서에서 배웠잖아. 아는 것, 믿는 것, 행하는 것의 일치가 중요하다고. 하지만 중2병에 걸리면서 싹 잊고 말았겠지. 물질적, 과학적 성취와 향락 산업의 발전에 비해 인간의 윤리 도덕 발달은 그에 미치지 못하고 있다고 논술 답안을 작성하면서도, 현생을 끝내고 싶다고 내내 투덜거리면서도 감을 못 잡는 거지. 이미 현자들이 제시한 레벨업 꿀팁이 있음에도 인간들은 레벨업의 대상들을 굶기거나, 때리거나, 방치하거나, 죽여왔던 거다. 그리고 중얼거리지. 뭐? 왜? 그게 내 잘못이야? 그게 왜 내 탓이냐고?

자, 이제 이 은혜로운 시대에 새로운 테스크가 주어졌다. 팬데믹이라는 현실은 보너스 게임 같은 거야. 아이템이 부족한 사람도 단번에 다음 레벨로 갈 수 있는 기회라고. 오늘도 너는 몇 번이나 중얼거렸지. 어차피 망했어. 코인에 다 때려 박았고, 어차피 자살하면 그만이야~ 그래, 맞아. 이 게임을 끝내고 싶다면 단번에 레벨업을 시도해야 하는데 말이야. 자, 다시 공원으로 돌아가보자. 더럽고 냄새나는 노숙자가 마스크도 쓰지 않은 채 콜록콜록 기침을 하며 피를 토하고 있어. 그가 너를 보고 있다. 손짓으로, 눈빛으로, 제발 나를 좀 도와줘, 하고 있다. 너는 그에게 다가가. 아주 천천히, 너는 다가가면서 고민하고 있어. 119를 부르려고 주머니에 손을 넣는데, 아차, 핸드폰을 두고 왔네. 젠장, 마침 주변에는 아무도 없어. 자, 이제 너는 무엇을 하지?

양우는 글쓰기를 멈추었다. 아무래도 커피 한잔을 마셔야 할 것 같았다. 시나리오 기획안도 소설도 뭣도 아닌 잡글을 쓰는 중이었다. 점점 더 무슨 낙서처럼, 농담처럼, 아무 의미 없이 손이 가는 대로

타이핑만 하고 있을 뿐이었다. 이게 다 무슨 소용이람. 양우는 자리에서 일어났다. 스스로 생각해도 한심했다. 지난해부터 휴업 상태인 이 북스테이에 내내 혼자 처박혀 있었다. 대학 졸업 후 몇 년간 시나리오를 쓰네, 영화를 찍네, 하면서 허송세월하던 그는 학교 선배가 대표인 작은 영화사에 들어가 잡다한 일을 도우면서 장편 시나리오를 준비했었다. 초고에, 2고에, 3고까지, 고치고 또 고쳤지만 투자는 요원했고 기본적인 입금도 되지 않았다. 팬데믹 상황이 오기 전부터 영화사는 운영난에 허덕이고 있었다. 언제 망해도 이상하지 않겠구나 생각하던 즈음 대표가 잠적을 했고, 사무실은 폐쇄됐다. 오갈 데 없는 처지에서 이곳으로 도피하듯 들어온 게 가을이었는데, 어느덧 해가 바뀌어 벌써 봄이었다.

새로 내린 커피를 들고 거실로 돌아오던 양우는 기울어져 들어오는 햇살 가운데 순간 어지러움을 느꼈다. 손에 들고 있던 잔이 흔들리면서 커피가 러그 위로 쏟아졌다. 얼른 닦아내려는데 얼룩은 이미 원형 러그 위로 번져가고 있었다. 짜증이 밀려

한숙현

왔다. 귀찮았지만, 깔끔한 고모의 성격을 생각하면 그냥 두기가 어려웠다. 손빨래를 해야 하나? 늘어진 머리를 넘기면서 발로 러그를 걷어내던 양우가 눈을 동그랗게 떴다. 러그에 가려져 있던 마룻바닥이 드러났고 거기 작은 문이 하나 있었다. 바닥에 왜 이런 문이? 궁금했다. 모양으로 보면 문이 분명한데 손잡이 대신 금속 재질의 버튼 하나가 반짝거리고 있었다. 신기한 일이었다.

대체 누가, 왜, 이런 걸 만들었을까.

고모 내외가 재미 삼아 시작했다는 북스테이는 팬데믹으로 잠정 휴업 상태였다. 아예 비워놓으면 곰팡이가 슬거나 집이 망가지지 않을까 걱정하던 차에 마침 반백수 조카가 작업실을 구한다는 이야기를 듣고는 잘되었다 하면서 맡겨놓은 것이었다. 은퇴한 교사 부부인 고모 내외는 둘 다 책을 좋아했다. 평생 모아온 책들을 어떻게 처리할지 고심하다가 우연히 이 시골집을 발견했다고 했다. 몇 년째 비어 있던 집이라 주인을 수소문한 끝에 싸게 매입하여 일층 전체를 도서관처럼 꾸미고 이층은 숙소로 만들어 책을 좋아하는 사람들이 며칠 쉬었다

갈 수 있는 북스테이로 만들었다. 책들로 뒤덮인 무덤, 혹은 감옥 같다고, 처음 이곳에 왔을 때 양우는 생각했었다.

영화는 언제 찍니?

고모부가 물어올 때마다 양우는 난처했다. 캐스팅을 알아보고 있다거나, 투자자를 찾고 있다는 식으로 얼버무리곤 했다. 고모가 북스테이 관리를 맡기면서 걱정스러운 얼굴로 물었다.

근데 꼭 영화를 찍어야 하니? 소설은 어때? 소설은 이런 데서 혼자 쓸 수 있잖아.

양우도 그런 기대가 없는 건 아니었다. 마음만 먹으면 장편소설 한 권쯤은 뚝딱 써낼 수 있을 거라 기대했었다. 그런 결심으로 이곳에 왔고 스스로 일종의 자발적 자가격리에 들어갔지만, 벌써 반년째 어떤 성과도 없었다.

팬데믹이 덮친 세계에서 사람들은 나름의 방안을 강구하며 삶을 이어나갔다. 예상하지 못한 순간에 확진이 되거나 밀접 접촉자로 분류되어 자가격리 통보를 받게 된 많은 이들이 생업의 지장이나 관계의 단절로 어려움을 겪었지만, 양우로서는 사람을 피할 수 있는 좋은 핑계가 생긴 셈이었다. 이룬 것도 없이 벌써 서른셋. 언제부터인가 누구를 만나도 불편했다. 오히려 팬데믹 이후로는 적당히 발열 증상이 있다고 둘러대면서 약속을 피할 수 있어 좋았다. 미래에 대한 불안이 커질수록 시나리오 작업은 지지부진했고 그럴수록 그는 코인에 몰두했다. 간헐적으로 찾아오던 분노마저 차츰 우울과 무기력에 잠식되는 중이었다.

양우는 바닥의 낯선 문에 달린 버튼을 들여다보았다. 500원짜리 동전 정도의 크기에 약간 돌출된 형태였다. 버튼을 누르면 문이 열릴 것 같았다. 양우는 생각했다. 문 안에 분명히 무언가 있다. 그러나 괜히 열었다가 수습하기 곤란한 상황이 닥칠 수도 있다. 그는 황당한 상상을 이어갔다. 판타지 호러 영화에서 나올 법한 것들이었다. 닫힌 문 안에는 부패방지 처리가 된 시체가, 악령의 저주가 깃든 물건이, 한 맺힌 원귀들이 봉인되어 있을지도 모른다. 괜히 손대지 말고 러그로 덮어버리자. 쓸데없는 호기심으로 귀찮은 일 만들지 말자.

양우는 이미 엉망으로 꼬여버린 자신의 인생에

또 하나의 불운이 보태질까 늘 두려웠다. 그는 커피 얼룩이 선명한 러그를 원래 자리로 당겨 바닥의 문을 가렸다. 창가의 책상으로 돌아왔고 노트북 컴퓨터 앞에서 커피를 마셨다. 한글 문서창을 열어놓고 멀뚱히 창밖을 보다가 핸드폰을 만지작거렸다. 코인 시세를 확인하고 싶은 충동이 일었다. 오전에 한 번만, 하루에 딱 한 번만 확인하자 다짐하곤 했지만 마음처럼 쉽지 않았다. 하루에 몇 번씩 들여다보기 일쑤였다. 한번 꺾인 흐름은 좀처럼 반등하지 못하고 있었다. 원룸을 정리하면서 받은 보증금 전부가 코인에 들어간 상태였다. 이 북스테이에 얼마나 더 있을 수 있을까. 고모는 당분간 운영하지 않을 생각이라며 있고 싶을 때까지 있으라고 했지만, 팬데믹 상황도 언젠가는 끝날 터였다. 머리가 복잡했다. 어제와 마찬가지로, 사건도 의미도 없는 하루가 저물고 있었다.

언제나 이런 식이었어.

커피잔을 내려놓으며 양우는 생각했다. 어려서부터 익숙하지 않은 것은 경계하고 회피하며 충동을 억제하는 편이었다. 스스로에게 신중하라 다그

치며 언제나 안전한 쪽을 택해왔다. 그러는 사이 새로운 기회나 변화의 계기나 가끔 찾아오는 행운마저 그의 손가락 사이로 빠져나가버렸다. 코인도 마찬가지였다. 친구 녀석들이 단타로 얼마를 벌었네, 주식시장이 어떻고 부동산 갭투자가 어떻고 할 때는 꿈쩍하지 않다가 결국 상승장이 끝날 때쯤 뒤늦게 코인판에 들어갔다. 오르락내리락하는 걸 보면서 적정선에서 살짝 물타기만 하려고 했는데, 정신을 차려보니 순식간에 가진 물 전부를 쏟아버린 꼴이었다.

양우는 고개를 돌려 러그 쪽을 바라보았다. 스스로 시골집에 처박힌 자발적 자가격리자 신세로 얼마 남지 않은 청춘을 허비하고 있는 이 순간까지도, 언제나 이런 식이었다는 걸 깨달았다. 그동안 자신의 선택이 가져올 결과와, 결과에 따를 책임과, 실패에 대한 막연한 두려움 때문에 매번 문턱에서 망설였다. 그런 머뭇거림이 결국 더 나쁜 선택으로 이끌었다는 걸 부정할 수 없었다. 러그로 대충 덮어놓은 저 바닥의 알 수 없는 버튼을 한번 눌러보고 싶었다. 만약 인생이 RPG 게임 같은 세계라면

저 버튼이 마지막 레벨업 기회인지도 모른다, 이런 이상한 생각에 사로잡히자 쉽게 떨쳐낼 수 없었다.

양우는 자리에서 일어났다. 허리를 꼿꼿이 펴고 걸어가 러그 앞에서 멈추었다. 커피 얼룩을 내려다보았다. 손을 뻗어 러그를 걷어냈다. 문에 달린 반짝이는 버튼이 그대로 있었다. 양우가 한쪽 무릎을 꿇으며 바닥 가까이 다가갔다. 심장이 두근거렸다. 반대쪽 무릎을 마저 꿇어앉으면서 오른손을 버튼 위에 올렸다. 낯설고 서늘한 감촉에 흠칫 놀라며 그는 숨을 크게 들이마셨다. 눈을 질끈 감았다. 그의 손바닥에 천천히 힘이 들어갔다.

딩동,

버튼을 누르는 동시에 벨소리가 들려왔다. 양우는 참았던 숨을 토하며 눈을 떴다. 모든 게 그대로였다. 버튼을 눌렀지만 바닥의 문은 열리지 않았다. 결국 아무 일도 일어나지 않았다. 아무것도 달라지지 않았다.

딩동,

다시 벨소리였다. 바닥의 문이 아닌 출입문 쪽에서 나는 소리였다. 양우는 몸을 일으켰다. 찾아올 사람이 없었다. 의아했다. 자리에서 일어난 양우는 출입문을 바라보았다. 딩동, 세 번째 벨소리가 들려왔다. 문밖의 사람이 대체 누구인지 알 수 없다고 생각하면서, 그는 문을 향해 뚜벅뚜벅 걸어갔다.

그의 오랜 자가격리가 마침내 해제되는 순간이었다.

약속

이십 년 전, 2002년 2월 2일은 그와 헤어진 날이
었다.

대학로 〈학림다방〉에 마주 앉은 우리는 유난스
럽지 않게, 거의 친절할 정도로 서로를 배려하면서
이별했다. 그게 마지막이었다. 이후로는 그의 소식
을 듣지 못했다.

오늘 아침, 나는 까맣게 잊고 있었던 약속 하나
를 기억해냈다. 재택치료 격리가 해제되는 날이었
고, 가족 없이 홀로 맞는 마흔세 번째 생일이었다.
나는 잠시 충격을 받은 사람처럼 멍한 상태였다.
잊고 있었던 사소한 일들이 놀랍도록 생생하게 다
시 올라오고 있었다.

내가 아주 어렸을 때, 내가 아는 아이들의 생일은 모두 2월 2일이었다. 가톨릭 전례력에서 아기 예수의 탄생 사십 일이 되는 '주님 봉헌 축일'은 나처럼 진짜 생일을 알지 못한 채 보육원에 맡겨진 아이들에게 일괄적으로 부여되는 생일이었다. 나는 운이 좋은 편이었다. 일곱 살 때 좋은 집으로 입양되었다. 마당이 있는 이층집에 피아노가 있는 거실, 분홍색 커튼에 예쁜 책상과 침대가 있는 나만의 방까지, 꿈꾸던 그대로였다. 더는 바랄 게 없는 완벽한 집이었다.

좋은 부모님과 두 명의 오빠를 한꺼번에 얻었다. 가족이 생기면서 새 이름을 얻었지만 생일은 그대로였다. 나는 예쁘게 웃는 아이였다. 가끔 투정도 부리고 춤도 추고 노래도 불렀다. 터울이 많이 지는 오빠들은 심성이 착하고 똑똑했다. 나중에 알게 된 사실이지만, 부모님은 오래 앓던 막내를 하늘로 떠나보내고 입양을 결심했다고 한다. 그러니까 나의 마음에 쏙 들었던 그 완벽한 방은, 한 번도 만난 적 없는 막내 오빠의 방이었다.

생일이 언제야, 하고 누군가 물어오면 나는 위축되

곤 했다. 어릴 때는 확실히 그런 편이었다. 2월 2일을 말하는 순간마다 입양아라는 자각이 올라왔다. 입양 사실을 털어놓는 게 오히려 상대를 불편하게 한다는 걸 알기에 굳이 밝히지는 않았다. 할 필요가 없는 말을 하지 않는 것임에도 나는 의도치 않게 거짓말을 하는 기분이었다. 그럴 때마다 내가 밝은 아이로 자라도록 최선을 다한 부모님과 오빠들에게 괜히 미안한 마음이 들기도 했다.

지금까지 나는 평범한 사람들처럼 여러 인연을 만나고 헤어지고 다시 만나면서 살아왔다. 간혹 어떤 이들에게는 "근데 진짜 생일은 아니야. 나는 생일을 모르거든." 하고 덧붙일 때도 있었다. 그런 상대와는 더 길고 깊은 대화를 나눌 수 있었고 인연이 다한 뒤에도 오래 기억하는 편이었다. 그도 그런 사람 중 하나였다.

대학 졸업 즈음 만난 그는 복학생이었고 나보다 두 살이 많았다. 서로 좋은 감정으로 만남을 이어 갔지만 결혼을 생각하기에는 둘 다 어린 나이였다. 우리는 신중한 성격이라는 공통점이 있었고 돌이켜보면 아주 뜨겁거나 각별한 사이는 아니었다. 발레를 전공했던 나는 어릴 때부터 꿈이었던 발레단 입단에 실패하고 의기소침한 상태였다. 큰오빠는 밴쿠버의 건축사무소에서 일하고 있었고, 작은오빠도 시애틀에서 유학 중이었다. 부모님은 은퇴 이민을 준비하고 있었다. 지금 생각해보면, 그때 한 번쯤 "실은 요즘 만나는 사람이 있어요."라는 말을 할 수도 있었을 것 같은데, 나는 굳이 하지 않았다.

그와 만난 지 서너 달쯤 되었을 때였다. 나는 부모님을 따라 캐나다에 가게 될 것 같다는 이야기를 꺼냈다. 그도 조심스럽게 집안 이야기를 했다. 자폐 스펙트럼 장애를 가진 동생이 있고, 어머니는 동생을 돌보느라 일을 할 수 있는 형편이 아니고, 아버지가 돌아가신 뒤로 자신이 가장의 역할을 하고 있다고 했다. 곧 시험 준비를 시작할 거라고, 빠르면 일 년, 길면 삼 년이라고. 딱 삼 년만 해보고 안 되면 깨끗이 포기할 거라고 했다.

우리는 마주 앉아 서로의 상황을 확인하며 고개를 끄덕였다. 물 위의 장난감 배를 살짝 밀었는데 대책 없이 멀어지는 기분이었다. 어쩌면 그때 우리는 서로를 향해 손을 내밀고 있었지만, 오히려 떠밀리

듯 자연스럽게 서로를 밀어내고 있었다. 섣부른 약속으로 붙잡을 용기가 없었던 건 그도 나도 마찬가지였다. 우리는 그렇게 이별했다.

부모님을 따라 캐나다로 갔던 이십대의 나는 거기서 부모님 소개로 남편을 만나 결혼했다. 양가 부모님은 같은 한인성당에 다니는 사이였다. 박사학위를 받은 남편이 한국의 대학에서 자리를 잡게 되면서 삼십대의 나는 남편과 어린 아들과 함께 한국으로 돌아왔다.

시댁과 친정이 모두 밴쿠버에 있어서 우리 가족은 방학마다 그곳에서 지냈다. 팬데믹 상황이 닥치기 전까지 십 년 넘게 이어진 루틴이 깨어진 지 벌써 이 년이었다. 다음 방학에는 상황이 나아지겠지, 나아지겠지 하며 미루던 가족 방문을 더는 미룰 수 없었다. 중학생 아들의 백신 2차 접종 완료 시점인 일월 마지막 주에 우리는 캐나다로 떠날 예정이었다.

문제는 오미크론 변이였다. 무증상 감염이 많아서 출국 전 검사에서 양성이 나오는 바람에 비행기를 타지 못했다는 사연이 여행 카페에 올라오고 있었다. 셋 중 하나라도 반드시 가야 한다! 이게 우리의 모토였다. 시어머니 건강이 좋지 않다고 했다. 가족 중 누구라도 양성이 나오면 즉시 분리를 하고 남은 사람 하나라도 가자! 이런 다짐으로 우리는 각자 여행 가방을 미리 챙겨놓았고, 식사 때를 제외하면 집에서도 마스크를 쓰고 있었으며, 이틀에 한 번씩 자가진단 검사를 하기 위해 면봉으로 코를 쑤셨다.

우려는 현실이 되었다.

출국을 며칠 앞둔 날이었다. 자가진단 키트의 선명한 두 줄. 가슴이 덜컥 내려앉았다. 음성이 나온 아이와 남편은 즉시 호텔로 보냈고, 나는 PCR 검사를 위해 선별진료소에 다녀와야 했다. 어디서 감염되었는지 짐작조차 가지 않았다. 그동안 사소한 모임조차 조심했던 걸 생각하면 억울한 심정이었다. 다행히 남편과 아이는 출국 전 검사에서 음성 판정을 받았다. 그들은 머물던 호텔에서 바로 공항으로 갔고 무사히 밴쿠버행 비행기에 오를 수 있었다.

자가격리 재택치료는 생각보다 어렵지 않았다. 증상이 전혀 없어서 아프다는 생각조차 들지 않았다. 조용한 집 안 풍경에 잠겨 있다가 갑자기 이상한 기분이 들거나 엉뚱한 생각이 떠오른다는 점을 제외하면 대체로 평안했다. 남편과 아이가 떠난 빈 집에서 나는 홀가분한 기분이었다. 이처럼 온전히 혼자만의 시간을 가졌던 게 언제였는지 기억조차 나지 않았다. 적어도 아이가 태어난 이후로는, 확실히 없었다.

오늘은 격리가 해제되는 날이자 마흔세 번째 생일이었다. 새벽에 깨어난 나는 잠시 멍하게 누워 있었다. 어둡고 고요한 평화가 불러오는 불안감에서 벗어나고자 티브이를 틀었다. 추천 목록에 〈하울의 움직이는 성〉이 올라와 있었다. 아이가 어렸을 때 〈이웃집 토토로〉, 〈센과 치히로의 행방불명〉, 〈마녀 배달부 키키〉 같은 지브리 스튜디오 작품을 같이 보곤 했었는데, 〈하울의 움직이는 성〉은 본 기억이 없었다.

나는 웅크리고 앉아 영화를 보았다. 모자 가게에서 혼자 일하며 조용히 살아가는 소녀 소피는 마녀의 저주로 하룻밤 사이 할머니가 된다. 그런데 소피는 마치 일어난 일은 어쩔 수 없다는 듯 그 사실을 받아들이고, 이 모습으로 더는 여기서 살 수 없다는 생각에 집을 떠난다. 그러다 하울의 성에 들어가고, 그곳에서 자신의 역할을 찾고, 새로운 관계들을 만들어가고, 그들을 돌보고 함께 변화한다. 그동안 하울이 회피해왔던 것을 대면할 수 있게 돕고, 여왕과 담판을 짓기 위해 직접 찾아가고, 그런 과정에서 소피는 소녀의 모습을 회복한다.

영화 초반에 나를 사로잡았던 건 순식간에 늙어버린 모습, 아니 그 모습을 발견한 소피의 태도였다. 나는 거의 울 뻔했다. 가슴이 두근거렸다. 사십 대에 갑자기 설레면 높은 확률로 심장병이라는 농담이 떠올랐다. 갱년기 증상이 벌써 시작된 걸까. 정확히 무엇이 내 감정을 건드리는지 알 수 없었다. 나는 마음을 가라앉힐 수 없었다. 무언가를 잃어버렸는데 그걸 잃어버렸다는 사실조차 잊어버리고 살다가 갑자기 깨어난 것 같았다. 우연히 거울을 보았는데 할머니가 된 자신의 얼굴을 마주한 사람처럼, 나는 다소 감상적이고 우울한 기분에 휩싸여

거실을 비척비척 걸어 다녔다. 그리고 마치 거짓말처럼, 어떤 목소리 하나가 기억 속에서 불쑥 올라왔다.

- 2022년 2월 2일 오후 두 시에, 우리 여기서 만날까?

영상 통화가 걸려왔다. 캐나다의 가족들이었다. 생일 축하 노래에 이어 소란스러운 인사와 웃음과 대화들이 비바람처럼 휘몰아 지나갔다. 아들이 물었다.

- 엄마 오늘 뭐 할 거야?

- 나가야지.

- 어디 갈 건데?

- 일단 나가서 좀 걸어야지. 집에만 있으니 진짜 답답했거든. 나가서 막 돌아다닐 거야.

그렇게 말하고 전화를 끊었다. 오전 내내 청소를 하고, 이불을 빨고, 그릇 정리까지 하면서 시간을 보내다가 정오가 지나서야 외출 준비를 시작했다. 옷을 골라 입고, 오랜만에 화장을 하고, 마스크로 얼굴을 가리고, 심호흡을 한번 하고는 집을 나섰다. 아무래도 너무 이른 시간이었다. 내 기억이 정확하다면, 약속 시간은 두 시가 아니라 일곱 시였다.

– 그땐 둘 다 직장을 다니겠지. 그러니 두 시 말고, 2022년 2월 2일 저녁 일곱 시로 하자.

우리는 그렇게 말했었다. '2' 자와 '7' 자가 비슷하니 혼동하지 말라고 했던 것도 기억이 났다. 나는 일단 혜화역에서 내렸고 마로니에 공원을 한 바퀴 돌았다. 모두 마스크를 쓰고 있다는 것만 빼면 이십 년 전과 크게 변하지 않은 것 같았다. 문득 옛날 노래가 떠올라서 피식, 웃었다. '마음 울적한 날에 거리를 걸어 보고, 향기로운 칵테일에 취해도 보고' 하던 때가 있었다.

오랜만에 나왔으니 연극이나 한 편 볼까 싶었다. 낮 공연이 있다는 어느 소극장에 들어갔다. 연출자가 무대로 올라와 인사를 하고 있었다. 최종 리허설 기간에 확진자가 나오는 바람에 공연이 취소되는 곤란한 상황이었는데, 극장 측의 배려로 다시 일정을 잡을 수 있었다며 기다려준 관객들에게도 감사하다고 했다. 솔직히 말하면 조금 지루한 작품이었다. 무의미한 대사를 던지면서 신체 움직임으로 상황을 이어가는 부조리극. 표현도 상투적이고 대사도 별로였다. 공연 중간에 무성 영화 분위기의 콜라주 영상들이 나오기도 했는데, 역시 무슨 맥락인지 감을 잡기가 힘들었다.

물론, 내가 집중을 하지 못했던 탓일 수도 있다. 자꾸 떠오르기는 하는데 일부가 지워진 상태로 섞여 있는 과거의 기억에 붙잡힌 채로 나는 극장을 빠져나왔다. 다시 거리를 오가는 사람들 사이로 섞여 들어갔다. 걸으면서 생각했다. 살면서 한두 번, 아니 두세 번쯤, 그의 이름을 검색해보기도 했었다. 찾아지는 건 없었다. 동명이인들의 기사를 몇 개씩 읽다가 노트북을 덮곤 했다. 그도 나와 마찬가지로 그리 대단한 사람은 되지 못한 것이 틀림없었다.

서글픈 감정이 올라왔다. 어쩌면, 그런 약속이 애초에 없던 건 아닌지 문득 의심스러웠다. 혹시 기억 속에서 무슨 조작이나 변형이 일어난 건 아닐까? 벌써 이십 년이나 지난 일이었다. 실은 그의 얼굴조차 희미했다. 우리가 이미 어디선가 우연히 만났다 하더라도, 서로를 알아보지 못하고 지나쳤을 것이다. 복잡한 생각이 뒤엉킨 중에서도 여전히 귓가에 남아 있는 건 그의 목소리였다. 무중력 진공상태로 보관되어 있던 타임캡슐에서 그 음원만을 추출해서 반복재생을 하는 것 같았다.

— 그럼 이십 년 뒤, 2022년 2월 2일 저녁 일곱 시에, 우리 여기서 만날까?

그 목소리를 일단 믿어보기로 했다. 학림다방으로 가려면 길을 건너야 했다. 나는 횡단보도 앞에 섰다. 그리고 다시 혼란스러워졌다. 이건 꽤 심각한 문제였다. '여기서 만날까'의 '여기'가 학림인지, KFC인지 헷갈리기 시작한 것이다.

2002년 전 2월 2일, 우리는 분명히 학림에서 만났다. 이별하기로 했고, 좁은 계단을 걸어 내려와 밖으로 나왔다. 함께 길을 건넜고, 마로니에 공원을 지났고, 혜화역 KFC 앞에서 마지막 인사를 나누었다. 그가 집까지 데려다주겠다고 했는데 내가 괜찮다고 했던 것 같다. 그가 알겠다며 고개를 끄덕였다. 나는 천천히 몸을 돌렸고. 혜화로터리 버스 정류장을 향해 걸어갔다. 뒤를 돌아보지 않았기에 확인할 수 없었지만, 그 역시 몸을 돌려 혜화역 쪽으로 걸어갔을 것이다.

내가 지금 복기하고 있는 이 마지막 날의 기억 어딘가에, 여기서 만나자는 그의 목소리가 분명히 들어 있을 것이다. 다만 그게 학림이었는지 KFC였는지는 이미 깊은 망각 속으로 꼬리를 감추어버린 상태였다. 어느덧 여섯 시 사십오 분이었다. 신호등이 몇 번이나 바뀌는 걸 지켜보면서 나는 초조해졌다. 파란 불이 켜지면 학림 같았고, 빨간 불이 켜지면 KFC 같았다. 약속에 늦지 않으려면 둘 중 하나로 가야 했다. 선택을 해야 했다.

돌이켜보면, 이십대의 나는 〈비포 선라이즈〉, 〈러브 어페어〉, 〈시애틀의 잠 못 이루는 밤〉 같은 영화를 좋아했다. 주인공 남녀가 미래의 특정 시간, 특정 장소에서 만나자는 약속을 한다. 비록 다시 만나지 못하는 일이 생기더라도, 상대를 찾아가거나 연락하지 않기로 다짐하고 헤어진다. 나는 이런 식으로 미래를 약속하는 장면들에 유난히 설레었고, 그게 꽤 근사하고 낭만적이라고 믿었던 것 같다. 내가 좋아한다고 했던 이런 영화들을 그는 기억하고 있었을 것이다. 그래서 우리가 헤어지던 날, 그런 말을 불쑥 꺼냈을 것이다.

- 여기서 만날까?

- 그때는 학림이 없어질 수도 있잖아.

- 그럼 KFC는?

- 어디든 마찬가지지.

아니, 이런 대화는 하지 않았다. 이건 방금 조작된 기억이다. 내가 기억하려고 노력할수록 무언가 덧붙여지고 있었다. 아무튼 신기한 일이었다. 지난 이십 년 동안 이 거리의 많은 가게들이 사라지고 바뀌었지만 학림과 KFC는 그대로였다. 그런데 왜 '이십 년' 뒤였을까? 이삼 년 뒤로 했더라면 우리는 다시 만났을 수도 있다. 나는 당시 그의 처지가, 꽤 어렵다는 가정 형편이 우리 부모님 보기에 부족하다고 판단했을 것이다. 아니, 더 솔직해지자. 부모님을 실망시키고 싶지 않다는 건 핑계. 부모님은 누구보다 사람의 됨됨이와 가능성이 우선이라고 가르쳤던 분들이다. 그 사람의 잘못이 아닌 일로 그 사람을 판단해서는 안 된다고 강조했던 분들이다. 그러니 부모님이 아니라 나의 문제였다. 내가 고아로 태어난 건 내 잘못이 아니지만, 내 잘못이 아닌 일로 벌을 받는 기분이 어떤 건지 나는 알고 있었다. 당시의 그는 겸손하고 아름다웠지만, 그의 잘못이 아닌 일로 벌을 받는 사람처럼 보였다. 나는 그게 싫었다.

신호등이 다시 빨간색으로 바뀌었다. 나는 길을 건너지 않기로 했다. 학림보다 KFC가 더 가까웠다. 더 편한 쪽을 택하기로 했다. 나는 KFC 앞으로 갔다. 가게 앞에 서서 오가는 이들을 관찰했다. 이십 년 전의 젊은이들처럼 다들 누군가를 기다리고 있었다. 달라진 풍경이라면, 모두가 마스크를 쓰고 있다는 것과 각자의 핸드폰을 들여다보고 있다는 점이었다.

그런데, 알아볼 수 있을까?

걱정이 밀려왔다. 나는 발레를 그만둔 다음부터 꾸준히 살이 쪘다. 이십대의 나보다 20킬로그램쯤 체중이 늘어 있었고, 그것만으로 거의 다른 사람처럼 보였다. 내가 기억하는 그의 마지막 모습 역시 이십대의 청년이었다. 우리는 확실히, 서로를 알아보지 못할 것이다. 게다가 마스크를 쓴 상태라면, 가능성은 더욱 희박했다. 일곱 시 정각이었다. 딱 십오 분만 기다려보기로 했다.

나는 일곱 시 십오 분이 되면 발길을 돌릴 것이다. 지하철을 타기 위해 혜화역 쪽으로 걸어가다가, 어쩌면 횡단보도 앞에서 다시 멈출 것이다. 그때 신호등이 파란색으로 바뀌면 나는 길을 건널 것이다. 그렇게 종로5가 쪽으로 걸어가다가 학림다방을 발견할 것이다. 마침 오늘은 바람이 꽤 차지 않은가. 나는 커피 생각이 날 것이고, 그 좁은 계단을 올라갈 것이다. 마침 창가 자리는 비어 있고 나는 거기 앉을 것이다. 비엔나 커피를 주문할 것이다. 그리고 문이 열릴 때마다 슬쩍 고개를 들 것이다. 마스크 위로 보이는 눈동자들과 눈을 마주칠 것이다.

나의 마흔세 번째 생일은 그렇게 지나갈 것이다. 나는 누군가의 저주로 하룻밤 사이에 늙어버린 소녀가 아니다. 물론 나이를 먹는 것에는 어떤 노력도 할 필요가 없었지만, 나는 그래도 노력했을 것이다. 한 해, 한 해 최선을 다해왔고 그래서 지금의 내가 되었을 것이다. 겨우 이 정도의 사람이 되느라고 그렇게 애를 썼구나, 서글픈 기분이 드는 건 어쩔 수 없다 하면서, 나는 창밖으로 시선을 돌릴 것이다. 거리를 걸어가는 사람들을 무심히 바라볼 것이다. 그러다 문득 한 커플이, 오늘 이별하기로 한 젊은 남녀가, 팔짱을 낀 채 두둥실 떠오르며 날아오르듯 밤하늘을 걸어가는 걸 보게 될 것이다. 나는 그 장면을 오래 기억할 것이다.

앞으로 누군가 생일을 물어오면, 나는 오늘의 이 기억을 떠올릴 것이다. 그리고 말할 것이다. 그때는 다들 마스크를 쓰고 있었다고. 우리 잘못이 아닌 일로 오래 벌을 받는 기분이었다고. 어쩌면 나는 더 오래된 마스크를 평생 쓰고 살았다는 걸 그때 깨달았다고. 그러니 당신도 혹시 그렇다면, 더는 당신 잘못이 아닌 일로 벌을 받는 기분을 느낄 필요가 없다고, 그렇게 말하며 우리는 웃을 것이다. 마스크 없이 마주 앉아 환하게 웃을 것이다.

마스크 마스크

2022년 5월 30일 1판 1쇄 펴냄
2022년 10월 12일 1판 2쇄 펴냄

지은이	김산아, 김은, 박사랑, 신주희, 장재희, 최지애, 한숙현
기획	창작동인 반상회(반전과상상)
펴낸이	김성규
편집	김은경 김도현
디자인	다랑어스토리 · 걷는사람 신아영
일러스트	김혜란
펴낸곳	걷는사람
주소	서울 마포구 월드컵로16길 51 서교자이빌 304호
전화	02 323 2602
팩스	02 323 2603
등록	2016년 11월 18일 제25100-2016-000083호

ISBN 979-11-92333-01-4 04810
ISBN 979-11-960081-2-3 (세트)